스몰 라이팅으로
시작합니다

스몰 라이팅으로 시작합니다

발행일	2023년 12월 25일

지은이   강준이, 김도연, 강지원, 권은주, 신민석, 이소윤, 이하루, 이현정, 정희정
펴낸이   손형국
펴낸곳   (주)북랩
편집인   선일영   편집   김은수, 배진용, 김부경, 김다빈
디자인   이현수, 김민하, 임진형, 안유경   제작   박기성, 구성우, 이창영, 배상진
마케팅   김회란, 박진관
출판등록 2004. 12. 1(제2012-000051호)
주소   서울특별시 금천구 가산디지털 1로 168, 우림라이온스밸리 B동 B113~114호, C동 B101호
홈페이지 www.book.co.kr
전화번호 (02)2026-5777   팩스   (02)3159-9637

ISBN   979-11-93716-04-5 03810 (종이책)   979-11-93716-05-2 05810 (전자책)

(주)북랩 성공출판의 파트너

북랩 홈페이지와 패밀리 사이트에서 다양한 출판 솔루션을 만나 보세요!

홈페이지 book.co.kr   •   **블로그** blog.naver.com/essaybook   •   **출판문의** book@book.co.kr

작가 연락처 문의 ▸ ask.book.co.kr

작가 연락처는 개인정보이므로 북랩에서 알려드릴 수 없습니다.

일곱 문장 글쓰기가
가져오는
마법 같은 변화

스몰 라이팅으로
시작합니다

강 김 강 권 신 이 이 이 정
준 도 지 은 민 소 하 현 희
이 연 원 주 석 윤 루 정 정

🕮 북랩

'스몰 라이팅'이란 글쓰기 수업을 듣고, 글을 쓰면서 겪은 작은 이야기, 작은 변화란 의미이다. 글쓰기를 시작하면서 어려웠던 이야기, 좌충우돌 힘들었던 내용도 실었다. 글쓰기 전과 글 쓰는 과정에서 조금씩 변화되는 자신들의 소소한 이야기를 한 땀 한 땀 수놓는 심정으로 기록했다. 이 책은 글쓰기를 막 시작하는 사람이나, 글쓰기는 하고 싶은데 망설여지는 독자에게 도움이 되는 책이다.

　어릴 때부터 책을 좋아했다. 성장하면서도 손에서 책을 놓지 않았다. 책 읽는 게 좋았고, 새로운 지식을 습득하는 것도 좋았다. 저자의 삶을 닮고 싶었다. 글을 잘 쓰는 작가를 보면 따라 쓰고 싶은 충동이 들기도 했다. 그렇지만 글쓰기는 나 같은 사람은 하면 안 되는 것인 줄 알고 엄두를 내지 못했다.

독서를 좋아했지만, 독서 모임에는 참여하지 않았었다. 그러던 중 우연히 독서 모임 광고가 눈에 들어왔다. 〈부산큰솔나비〉 독서 모임 회장 정인구를 만났다. 선배(독서 모임 회원간 부르는 호칭)와 인연을 맺은 지난 7년은 재미있는 소설 같다. 독서 모임을 만든 취지도, 무슨 일을 하는지도 모르고 찾았던 모임이다. 책을 좋아하여 혼자가 아닌 같이 읽고 싶은 마음이 나를 독서 모임으로 이끌었다. "독서만으로는 성장이 더디다. 글쓰기와 병행되어야만 제대로 된 독서를 할 수 있다."며 글쓰기의 중요성을 강조하는 선배의 말을 듣고, '나도 글을 한번 써볼까?' 글쓰기에 대한 갈망이 조금씩 일기 시작했다. 글쓰기도 배우면 된다는 것도 알게 되었다.

자이언트 북 컨설팅 인증 라이팅 코치가 된 선배는 〈글센티브 직장인 책쓰기〉 수업을 개설해서 운영하고 있었다. 함께 근무하는 직원과 같이 수업에 등록했다. 수업 과정도, 글을 쓰는 것도 쉽지 않은 일정이었다. 퇴근 후 피곤해서 눈꺼풀이 감겼지만 참고 견디며 잘 지도받았다. 수업 중, '공저프로젝트' 희망자 모집 광고를 했다. 뭔지도 모르고 신청했다. 어차피 배우는 거 글 쓰는 데 도움이 될 것 같았다. 공저 참여자 중 하고 싶어 신청한 작가도 있지만 대부분 나와 비슷하게 남들이 신청하니 따라 신청한 것 같다.

어쩌다 수료생 9명과 함께 책을 출간하게 되었다. 공저 팀을 제대로 이끌, 팀장과 간사를 선출하는 과정에서 의도하지 않게 팀장이 되었다. 팀장의 역할이 딱히 없었지만, 왠지 잘 이끌어야 한다는 중압감과 주어진 분량의 글을 써내야 한다는 책임감으로 버거웠지만, 오히려 중압감과 책임감은 나와 친구가 되어 글을 쓰는 데 도움을 주었다. 같이 하는 선배들의 응원과 격려가 흐트러지는 마음을 제자리로 인도해 준 것은 당연하다. 간사인 김도연 작가는 글쓰기 수업 참관차 들어왔다가 졸지에 총무가 되었다. 처음엔 당황한 기색이 역력했다. 내심 '저 작가가 꼭 함께하면 좋겠다.'는 생각을 했다. 내 마음을 훔쳤는지 다음날 공저에 참여해서 총무의 역할을 잘하겠노라고 연락이 왔다. 천군만마를 얻은 기분이었다. 다양한 선배들과 같이하니 도움받은 것이 참 많았다.

공저 진행 과정에서 우여곡절이 많았다. "선배님, 오늘 중으로 보내드리도록 하겠습니다. 그리고 정말로 앞으로 공저를 안 하겠습니다. 선배님들께도 정말 민폐이고, 저 자신한테도 너무 화가 나네요. 도대체 무슨 생각으로 공저에 참여했는지? 무식한 용기가 이렇게 많은 사람을 괴롭힌다는 걸 뼈저리게 느끼고 있습니다. 오늘 중으로 보내드리도록 하겠습니다."

스몰 라이팅으로 시작합니다

마감 시한을 넘긴 한 작가의 글이다. 작가의 심정이 내 심정이다. '글은 잘 쓰고 싶은데 잘 써지지 않지, 일은 바쁜데 진도는 안 나가지, 마감 기일이라 독촉은 오지.' 미쳐버리는 줄 알았다는 작가는 꾸역꾸역 완성했다. 어떤 작가는 "제가 쓴 글을 보기도 싫어요, 내 마음에 들지 않아서요.", "어떻게 하면 잘 써요?" 등 모두들 글쓰기가 힘들다고 아우성쳤다.

코치는 1, 2차 퇴고 안내를 했다. 코치의 수정본을 들고 또 수정했다. 수정해도 수정할 글이 또 보였다. 두 번 퇴고하니 더 보기가 싫었다. 마지막 짝꿍 퇴고(서로의 글을 교환하여 오타 등 수정)하라고 했다. 갑자기 눈이 매의 눈으로 변했다. 내 글에 안 보이던 것이 남의 글에는 잘도 보였다. '중복, 오타, 짧게 써라, 쉽게 써라' 등 글쓰기 수업 때 코치가 지적하던 내용을 나도 모르게 말하고 있었다. 글쓰기 수업을 받고 글 쓰면서 실력이 늘어난 것이다.

누구나 글을 잘 쓰고 싶다. 실력은 없는데 잘 쓴 글을 흉내내다 보니 글이 산으로 가고, 공자님? 말씀으로 변한다. 배우지 않고, 연습하지 않으면서, 글은 잘 쓰고 싶다는 건 욕심이다. 죽기 직전까지 글 쓰는 삶을 살았던 고(故) 이어령 박사는 글쓰기를 시작하는 사람들에게 습관처럼 이야기하는 게 있다.

"지금 자네가 말한 이야기, 그거 글로 써 봐. 네가 지금까지 쓰려고 한 이야기 다 썼으면, 책을 몇 권 낸 작가가 되고, 인생이 완전히 달라졌을 텐데."

말하기는 쉬워도 글쓰기는 어렵다. 어려운 일도 계속하면 쉬워진다. 말보다 글쓰기가 어려운 이유는 말하는 것만큼 글을 쓰지 않기 때문이다. 오늘 일어난 어떤 일이든 지나치지 않고 글로 기록하면 머지않아 멋진 작가가 되지 않을까? 글센티브 코치가 늘 하는 이야기가 있다. "대상을 앞에 앉혀놓고, 카페에서 친구에게 이야기하듯 쓰라고" 했다. 내 주변에 일어나는 소소한 일상에 의미를 부여하고 대화하듯 하루하루 써 나가는 것이 '작은 글쓰기, 스몰 라이팅'이다. 공저 작가 9명이 이런 글을 쓰려고 노력했다. 작가 대부분이 글쓰기 초보 작가다. 문장 표현이 다소 투박하고, 부족한 부분이 있다. 이번 공저 출간 후 다음번에 만날 때는 더 성숙한 작가가 되어 독자 여러분과 만나기를 소망한다.

처음 시작할 때, '내가 팀장으로 무엇인가를 해야 한다'는 우려는 선물로 내게 왔다. 선배들의 격려와 응원, 배려는 감동의 선물꾸러미였다. 퇴고 작업을 끝내고 책을 쓰게 된 소감을 쓰고 있으니 이제 정말 작가의 길 출발선에 선 느낌이어서 기쁘다. 〈부산큰솔나비〉 선배님들이 우리들의 글을 읽고 독서 모임의 성장단계 마루에 도착하여 즐기는 모습을 그려본다. 끝까지 같이한 선배들에게 감사드린다. 독서 모임의 구호 '공부해서 남을 주자'의 선한 영향력이 이 책에서 뿜어져 나오길 소망한다. 이 책을 읽고 한 사람이라도 펜을 잡고, 글 쓰는 삶을 시작한다면 더 바랄 게 없겠다.

강준이

차례

1장 ——

그래서, 나는 글을 쓰기로 했다

2장

글을 쓰고, 이렇게 달라졌다

3장

'스몰 라이팅', 이렇게 시작하라

4장 ————

나는 글 쓰는 삶을 꿈꾼다

1장

그래서, 나는 글을 쓰기로 했다

1-1.
〈글센티브 직장인 책쓰기〉 참여

────────────── 강준이 ──────────────

〈부산큰솔나비〉 독서 모임 6주년 기념 모임이 성황리에 끝났다. 2017년에 시작하여 6년이 지났다. 책을 사랑하는 선배(서로 배운다는 의미로 부르는 호칭)들과 같은 책을 읽고 다양한 느낌, 같은 주제에 공감하며 고개를 끄덕인다. 6년 동안 나눈 토론 시간과 내용을 생각하니 가슴 가득 충만함이 밀물처럼 밀려온다. 마치 아침 산책길 부산 다대포의 파도처럼 잔잔하고 정겹게 밀려온다. 무거운 내용의 책을 읽고 만나도 활짝 웃으며 나누는 인사는 어깨에 힘을 실어 덩실거리게 해 준다. 가벼워진 마음은 발걸음을 가볍게 해준다. 즐거운 발걸음으로 6년을 다녔다. 일상으로 보자면 초등학교 졸업이다. 〈부산큰솔나비〉 독서 모임은 중학생이 될 준비를 자연스럽게 하고 있다. 성장하여 중학생이 된 선배들 아우라

가 나를 글쓰기 교실로 이끌었다. 〈그래서, 나는 글을 쓰기로
했다〉로 시작되는 〈글센티브 직장인 책쓰기〉 교실에 합류하
여 중학생 입학식 같은 글쓰기가 시작되었다.

아들에게 편지를 받았다. "엄마에게, 오늘이 제가 태어난
날이네요."라고 시작되는 편지를 단숨에 읽어 내려간다. 읽
고 또 읽었다. 그 어떤 책의 내용보다 문장들이 명언처럼 느
껴지며 행복 호르몬이 샘솟는다. 나는 감히 꿈꾼다. 우리들의
이 글쓰기 이야기가 책으로 만들어져서 〈부산큰솔나비〉 독서
모임 선배들이 읽어 보기를! 그리하여 책을 읽을 때보다 글을
쓸 때 더 성장할 수 있다는 것을 함께 느껴보고 싶다. 나는 세
계적 명작을 읽을 때보다 아들의 편지를 읽을 때 행복 호르몬
이 몸 구석구석 혈관을 따라 흐르는 것을 느낀다. 〈아주 특별
한 아침(미라클 모닝)〉 모임 선배들이 매일 게시하는 글에서도
느껴진다. 그래서 선배들이 쓴 책을 읽으며 더 행복해 하고
싶은 마음이 간절하다.

책 쓰기 과정이 있을 것을 예감하였을까? 지난 7월부터 백
건필 작가가 진행하는 〈7문장 글쓰기 교실〉에서 글쓰기 코칭
수업을 받았다. 새벽 5시가 되기 전에 국민체조를 시작으로 1
초의 오차 없이 정각에 이루어지는 생각의 별 과정의 글쓰기
는 내게 많은 채찍질을 하였다. 채찍이 혹독하기도 했지만 맞

스몰 라이팅으로 시작합니다

은 자리는 상처가 난 것이 아니라 거름내기 과정이 되었다. 아직 거름이 숙성되지 않았는데 씨를 뿌리려고 성급하게 씨를 고르고 있는 내 행동이 걱정스러워 스승에게 질문을 했다. "제가 나이도 많고, 배운 것을 쉽게 잊어버리는데 글을 쓸 수 있을까요? 그리고 준비는 무엇을 하면 될까요? 스승인 백건필 작가의 답은 명쾌했다. "할 수 있습니다. 그리고 준비도 필요 없습니다."였다. 운동선수가 실력 있는 선수가 되기 위해 준비가 필요하지 않다. 서툴고 어렵지만 연습을 해야 한다. 나도 글쓰기가 서툴다. 그래서, 나는 글을 쓰기로 했다.

내 고향은 충청도 칠갑산자락인 청양군이다. 중학교 졸업 후 부산에 와서 주경야독으로 공부했다. 나는 책 읽는 것을 좋아한다. 초등학교 1학년 때 6학년 언니 교과서에 나온 심청전을 읽으며 즐거웠던 경험이 계기가 되었다. 재미있고, 읽고 싶은 책이 귀하던 시절에 비하면 지금은 책이 지천이다. 그리고 매월 첫째, 셋째 주 토요일 아침 7시에 책을 좋아하는 선배들과 같이하는 독서 모임은 삶의 활력소이다. 읽기도 하면서 이렇게 글을 쓰는 작업은 또 비타민처럼 나를 건강하게 한다. 혼자 있어도 외롭지 않고 즐겁다. 약속 장소에 사람들이 늦게 와도 기다리는 시간이 지루하지 않다. 읽고 쓰면서, 자투리 시간과 잘 지내는 습관이 하루를 빈틈없이 꽉꽉 채워주기 때문이다.

아이패드 앞에서, 노트북 앞에서 또는 핸드폰 앞에서 글쓰기를 하고 있는 동기 선배들의 모습이 그려진다. 바쁘고 어려운 일상을 마치고 글쓰기 하는 선배들의 모습에서 나의 모습도 볼 수 있어서 미소가 지어지고, 흥얼거림이 저절로 나온다. 나도 이렇게 글을 쓰기 위한 시간을 만들기 위해 하루 일과를 깔끔하게 처리했기 때문이다. 거기에다 가족을 위한 식사와 맛있는 반찬을 정성껏 준비한 것은 물론이다. 독서 모임 준비도 마찬가지다. 늘 솔선수범하는 선배들이 자신의 차례를 줄지어 기다리며 대기 중이다. 또한, 〈글센티브 직장인 책 쓰기〉 공저 진행도 서로서로 격려와 응원을 아끼지 않는다. 정말 귀한 인연이다. 글쓰기를 하면서 선배들과 나눈 대화와 문자로 받은 응원과 칭찬은 글을 쓰는 손과 마음을 바삐, 또한 즐겁게 움직이게 해준다.

최근 글쓰기가 〈부산큰솔나비〉 독서 모임에서 연일 화제가 되었다. 책을 읽고 '본(본 것) 깨(깨달은 것) 적(적용할 것)'으로 얻은 지혜와 기쁨을 이제는 책으로 엮어 낼 수확의 계절이 되었기 때문이다. 여기에 호응을 기다렸다는 듯이 정인구 회장은 글쓰기 강사가 되었고, 글쓰기 교실에서 재능을 무한 제공하고 있다. 그렇지만 글쓰기가 호락호락하지는 않다. 간호사 면허증을 갖고 간호사로 입사하던 수습 시절 경험이 떠오른다. 간호사 면허증을 받고 병원에 취직하면 쉽게 간호사 업무를 시작할 줄 알았다. 그런데, 출근의 중압감은 나를 너무나 힘들게 했다. 출근 버스가 사고라도 나서 출근을 멈추게 해주었으면 하는 유치한 생각도 종종 했다. 얼마나 긴장하고 떨었는지! 그때 생긴 변비는 지금까지 나와 같이 살고 있다.

이렇듯 글쓰기도 쉽지 않아서 '포기할까?' 하는 마음이 생기기도 한다. 글쓰기 하지 않겠다고 해도 모임에서 나가라고 할 사람은 없다. 누가 시켜서 하기 싫은 일처럼 꼭 해야만 하는 일이 아니다. 자신해서 하는 일이다. 그런데도 종종 글쓰기가 버거움으로 느껴진다. 신규 간호사로 입사하여 간호사 업무에 어렵게 적응한 것, 운전면허를 따고 처음 도로에 차를 운전할 때의 긴장감과 서툴렀던 일이 주마등처럼 지나간다. 지금은 외출할 때 내가 운전하는 것이 가장 편하다. 그리고 간호사 경험이 많이 누적된 전문직업인이 되었다. 글쓰기도 이제 시작이어서 익히고, 배울 것이 많이 있다. 익숙하고 자연스러운 글쓰기가 되려면 힘듦은 당연하다.

다행인 것은 글 쓰는 동안 모든 근심 걱정을 잊어버리고 행복한 시간을 만들고 있다는 것이다. 아들의 편지가 유려한 필체라서 읽으며 내가 행복한 것이 아니다. 나를 위해 온 마음으로 썼기 때문이다. 이 글이 선배들의 글쓰기에 도움이, 아니 나처럼 글 쓰는 데 용기를 갖게 되기를 진심으로 소망한다. 힘들게 산 정상에 오를 때는 어렵지만 정상에서 '야호!'를 외칠 때의 기쁨 같은 것을 느낄 수 있어서 좋다. 올라가면서 나무 그늘에 앉아서 쉬기도 하고, 싱그러운 공기를 깊이 호흡하면서 천천히 올라가도 되지 않을까? 글쓰기는 나를 내게 보여주는 거울이다. 거울이 아니면 볼 수 없는 나의 뒷모습도 글쓰기 거울을 통해 볼 수 있다. 쓰면 쓸수록 나와 친해지는 마법에 걸리는 것 같다. 나와 친해지니 스스럼없어지고, 정말 친한 친구가 되었다. 중학교 과정 동안 외롭지 않게 보낼 글쓰기 친구가 있어서 든든하다. 글쓰기를 통해 우정이 튼튼해져 평생 같이하면 행복하지 아니하겠는가? 글쓰기와 친구하기로 했다.

스몰 라이팅으로 시작합니다

1-2.
아하!! 지금 그 힘이 필요할 때

김도연

"시작하지 않으면 아무것도 시작되지 않는다."라고 니체는 말한다. 2023년 가을, 〈글센티브 직장인 책쓰기〉 수업을 시작한 나에게 K 선배는 공저 프로젝트를 권유했다. 아직 글쓰기 준비가 되지 않아 정중히 거절했다. 이틀 뒤 K 선배가 "아무래도 같이 공저 안 하실라우?"라고 문자가 왔다. 그동안 미라클 모닝 및 독서 모임을 소개해 준 선배의 진심 어린 권유가 도움 되었기에 '공저 1기 프로젝트' 오리엔테이션을 한번 들어보기로 했다. 공저 오리엔테이션에 가벼운 마음으로 게스트 입장에서 줌(ZOOM) 참여했다. 갑자기 돌발상황이 생겼다. 게스트로 참여하였는지 모르는 상황에서 팀장이나 서기로 추천되었다. 맙소사! 곧이어 모든 분에게 게스트로 입장한 상황을 설명하고 양해를 구했다. 끝내 '공저

1기 프로젝트' 오리엔테이션에서 임원 선출을 하지 못하고 무거운 분위기로 마무리되었다. 그날 잠자리에 드는 순간, 오리엔테이션의 무거운 분위기가 떠올랐다. 갑자기 낮은 진동수에서 높은 진동수로 바꾸어 행복하게 글쓰는 것을 도와드리고 싶은 마음이 불현듯 들었다. 긍정적으로 마음이 바뀌니 생각이 바뀌게 되었다. 공저 글쓰기 방향 등 아이디어가 번쩍번쩍 떠올라 새벽잠을 설쳤다. 이처럼 '다른 사람을 돕겠다'라는 마음으로 '공저 1기 프로젝트'를 시작하게 되었다. 과연 마음이 바뀐 그 힘은 무엇이었을까?

먼저, 필요한 사람이 되는 것이다. 드라마 〈낭만닥터 김사부〉에서 김사부 한마디는 번개 맞은 듯 큰 울림이 왔다. 강동주가 김사부에게 "선생님은 좋은 의사냐, 최고의 의사냐"고 묻자, 김사부는 "필요한 의사다"라고 말한다. 김사부는 모든 것을 총동원해서 현재 환자한테 필요한 의사가 되려고 노력하는 것이다. 나 또한 필요한 곳에 필요한 사람이 되기 위해 노력한다. 진정한 마음은 상대가 원하고 필요로 할 때 도움을 주는 것이다.

결혼 후 5가지 역할을 만들고 나만의 상(象)을 짓고 살아왔다. 5가지 역할은 엄마, 배우자, 딸, 며느리, 직장인으로 역할에 따라 이상적인 상(象)을 만들고 최선을 다하며 살아왔다.

틀에 갇힌 줄도 모르고 그것이 최선인 줄 알았다. 우연히 삶 속에 책을 만나 삶의 관점과 안목이 바뀌게 되었다. 모든 아상(我象)은 스스로 만든 것임을 깨달았다. 그동안 만든 5가지 역할을 없애니 온전한 나를 만나게 되었다. 이후 역할에 대해 상을 짓지 않고 '필요한 곳에 잘 쓰이면 된다.'라는 귀한 마음을 알게 되었다. 공저 오리엔테이션 후 새벽, 지금 여기가 내가 필요한 곳이라는 생각이 번쩍 스쳤고 그냥 잘 쓰이면 될 뿐임을 직감하였다. 'Now do it!'의 힘으로 도전하는 것이다.

다음으로, 정성을 다하는 것이다. "공든 탑은 무너지지 않는다."라는 속담은 의미 있는 말이다. 하늘에 계신 엄마가 항상 해 주셨던 말이기 때문이다. 그 말의 힘은 시간이 지날수록 진실하게 다가온다. "남이 보든 안 보든 최선을 다하는 삶을 살아라."라고 강조하셨다. 직장에서 신설 병동에 근무할 때 사물함 및 서류 파일에 붙이는 라벨 작업을 맡아 밤 근무 때 작업을 했다. 예전에 같이 근무했던 K 선배가 "선생님은 신규 때부터 달랐어요. 라벨 자르는 것부터 코팅지 붙이는 것까지 한 끗 차이가 있었어요."라고 말한다. 라벨지 자를 때 손끝과 손목에 힘주는 것도 달랐고 코팅지 기포를 휴지로 밀면서 빼내어 깔끔하게 붙여 정성을 들인 모습이 인상적이었다고 한다. 최근 K 선배도 병원 인증제 준비로 라벨 작업을 할 때 19년 전의 정성 들였던 나의 모습이 떠올랐다고 한다. 정성 들이는 삶은

'공저 1기 프로젝트'에서도 예외가 될 수 없다. 높은 진동수에서 모두가 즐겁게 글을 쓰는 일을 좋아했으면 하는 바람이다. '왜 나는 하는 일마다 잘 되지?'라는 확언을 다 함께 외친다. 지금 공저 1기 '이글 빅라이팅' 팀 비행기 이륙합니다.

마지막으로, 먼저 하는 것이다. 삶을 돌이켜보니 항상 오픈 멤버였다. 신규 발령부터 신설 병동, K 분원 병원 개원, 고객지원센터 개소를 담당하여 모든 일에 솔선수범할 수밖에 없는 환경이었다. 처음이란 것은 많은 시행착오를 겪게 된다. 오픈 멤버는 맨땅에 헤딩하며 일을 배우고 헤쳐 나가며 유의미한 성과를 낸다. 신설 업무는 텅 빈 컴퓨터 한 대로 시작해서 방향성을 잡고, 시설 및 행정, 매뉴얼을 만들어 성과 보고를 해야 하는 긴 프로젝트의 시작이다. 신설 때는 인력도 부족하기에 내 몫 이상을 해내지 않으면 다른 사람에게 피해를 주게 되므로 완벽하게 일해야 한다. 결국 오픈 멤버로서 견뎌 낸 시련은 성장 밑거름이 되었다. '공저 1기 프로젝트' 역시 오픈 멤버이다. 먼저 행동으로 시작하고 다 함께 높은 에너지 기운을 모으면 글쓰기는 못 할 것도 없다. 내면 에너지 힘이 온전히 있기에 그냥 꺼내 쓰면 된다. 오늘도 '이글 빅라이팅' 단톡방에 응원 메시지를 보낸다. '10월 20일(금)까지 초고 마감 및 퇴고 시작입니다. 앞으로 나아가는 비결은 일단 시작하는 것입니다. 오늘부터 응원 릴레이 멤버가 바뀌니 힘찬 응원

스몰 라이팅으로 시작합니다

바랍니다.'

　'다른 사람을 돕겠다'라는 작은 시작이 큰 변화를 만든다. 다른 사람에게 필요한 사람이 되고 싶다. 초심으로 정성을 다하고 솔선수범하는 마음으로 시작하니 글 쓰는 동안 콧노래가 저절로 나온다. 개인적인 글쓰기를 고민하기보다 '영차! 영차!' 외치며 다 함께 글을 만들어 간다고 생각하니 더 설렌다. '공저 1기 프로젝트'에서 '서기로써 잘 쓰이겠다'라고 다짐한다. 글을 함께 쓰면서 정성스럽게 소통하여 세상과 연결되면 의미 있는 성장이 될 것이다. 가 보지 않은 새로운 길에 좌충우돌하며 아름다운 삶의 발자국을 남길 것이다. 우리가 닦은 새로운 길이 다음 공저 팀들에게 조금이라도 도움이 되었으면 하는 작은 소망을 가진다. '공저 1기 프로젝트' 시작은 민들레 홀씨다. 작은 민들레 홀씨가 퍼져서 민들레밭을 이루듯 우리의 선한 영향력(힘)이 세상 곳곳에 퍼져서 어제보다 오늘이, 오늘보다 내일이 더 따뜻하고 행복할 수 있기를 간절히 바란다.

　　"믿음이 있는 사람에게는 어떠한 설명도 필요없다.
　　믿음이 없는 사람에게는 어떠한 설명도 불가능하다."

　　　　　　　　　　　　　　　　　　　　　　　— 토마스 아퀴나스

1-3.
책 한번 써 보실래요?

강지원

"선배님! 책 한번 써 보실래요?"라는 제안을 단칼에 거절했던 내가 작가가 되고, 블로그 수익이 들어오고 창업을 했다.

대학교 다니다가 우연히 공무원 시험 포스터를 보게 되었다. 재학 중이었기에 시험 친 사실을 잊어버리고 있었다. 서울 신문에 내 이름이 나온 것을 동네 오빠가 본 모양이었다. 온 동네에 소문났다. 우리 집은 언니가 가장이었고 기초생활수급자로 넉넉한 살림이 아니었다. 보는 사람마다 언니 고생그만 시키라며 공무원 임용을 권유했다.

아버지는 술이 없으면 하루도 살 수 없는 분이었고, 폭력이 심했다. 가끔 집에 들어오시는 날은 살벌했다. 오빠는 도망가고 어린 나만 자리를 지키고 있었다. 간혹 내 울음소리에 아버지의 폭력이 잠잠해지기도 했다. 결혼 후, 남편은 아버지처럼 폭력은 없었지만, 가족보다 술과 더 친했다. 아이 백일, 이사하는 날도 새벽에 들어왔다. 평생 술로 살아오신 아버지를 봤기에 모든 남편은 그런 줄 알았다.

지금처럼 놀이방이나 아이를 봐줄 곳이 있는 시절이 아니었다. 남편과 나, 둘 다 늦둥이였다. 양쪽 부모님이 계시지 않아 독박육아를 하면서 새벽에 오는 남편을 잠자지 않고 기다리는 것이 일상이었다. 근무 시간에 아이를 돌봐 주시는 아주머니가 갑자기 그만두는 바람에 어쩔 수 없이 집과 거리가 먼 막내 시누이 집 근처에 보냈다. 주말에 볼 수밖에 없었다.

취미도 없었고 담당이 영업 부서이니 회식이 많았다. 술을 아무리 많이 마셔도 취하지 않았다. '술 잘 마시는 사람이 일도 잘한다.' 이 말이 직장 생활 동안 한 줄 내공 문장이었다. 다른 건 몰라도 술에 강한 것만큼은 아버지께 감사해야 하나? 스트레스는 술로 풀었고 술이 모든 것을 해결해 주는 마술봉 같았다. 기분도 좋아지고 용서되지 않는 것이 없었지만, 남편은 예외였다. 직장을 3년만 다닐 거라 마음먹었는데 30년이 지났다. 남편과 사이는 더 이상 나빠질 수 없을 정도로 극에

달해 있을 때 책을 써 보라는 권유를 받았다. 쇼윈도 부부였고 투명 인간처럼 살았다. 남편과 화해하고 싶은 마음은 눈곱만큼도 없었고, 헤어질 날만 손꼽아 기다렸던 때였다.

어느 순간부터 새벽에 일어나 글을 쓰기 시작했다. 늦게 잤는데도 새벽 3시 30분이면 눈이 떠졌다. 피곤하지 않았고 30년 가까이 시달린 월요병이 없어졌다는 것을 알았다. 처음에는 한 페이지 쓰기도 힘들었지만, 쓸수록 예전 기억이 생생하게 떠올랐다. 100페이지 적는 데 30일이 걸리지 않았다. 글을 쓰면서 나도 모르게 닫혔던 문이 삐걱거리며 열리는 소리를 들었다. 처음엔 거슬렸지만, 시간이 갈수록 자연스러워졌다.

일찍 일어나 글을 쓰고 있는데 새벽 5시쯤 남편이 일어나서 거실로 나왔다. 나도 모르게 남편에게 인상을 썼다. 지난 시절을 떠올리며 글을 써 내려가던 중이었다. "왜? 내가 뭐 잘못한 거 있나?" 이유 없이 인상 쓰는 내게 말을 걸었다. 남편과 소통이 시작되었다.

남편과 말을 하면서 알 수 없는 답답한 뭔가 조금씩 빠져나가는 것을 느꼈다. 모든 것을 남편 탓으로 생각했던 것이 내 탓으로 여겨졌다. 문제가 발생했을 때 남 탓이 아닌 내 잘못으로 여기면 쉽게 해결된다는 것을 깨달았다. 글쓰기가 실타

래처럼 꼬였던 것을 하나씩 풀어주었다.

남편과 글을 함께 썼다. 남편이 쓰고 있는 글을 봤다. 부부라고 하면서 남편에 대해 아는 것이 별로 없었다. 아픈 일도 좋은 일도 다른 사람과는 나누려고 하면서 진작 가족과 함께하지 못했다. "지금, 이 순간이 미래에 일어날 어떤 일의 원인이 되고, 이 점들이 모여 필연의 결과를 만들어 준다." 사이토 다카시의 《한 줄 내공》의 글을 보면서 우리 부부는 함께 만들어 온 점이 없었다는 것을 알았다. 서로 반대 방향으로 점을 찍고 있었다.

살면서 가장 후회가 될 때는 하루를 무의미하게 보내고 잠들 때다. 늦게 일어나 출근 시간에 쫓기고, TV와 낮잠으로 시간을 죽였던 시간이 많았다. 독서하고 글 쓰면서 거실에 있던 TV, 소파를 중고 온라인 매장인 당근에 팔고, 책장과 큰 책상을 그 자리에 두었다. 우리 부부의 지난 삶도 중고 매장에 함께 팔고, 따로가 아닌 함께 점을 찍기 시작했다.

별로 기분 나쁜 일은 없는 것 같은데 종일 시무룩하고 우울할 때, 화가 나는데 이유를 모를 때. 이럴 때 종이에 세 문장을 적어본다. 첫째, 내 기분을 그대로 적는다. 둘째, 원하는 방향을 적어본다. 셋째. 어떻게 하면 내가 원하는 방향으로 되는

지 적는다. 글을 적다 보면 신기하게 기분이 좋지 않은 이유를 알게 된다. 요즘은 매일 글을 쓴다. 아이패드, 블로그, 인스타 등 어떤 곳이든 글 쓰는 장소가 된다.

우리에게 책 쓰기를 추천해 준 것이 시작점이 되었고, 오늘도 새벽에 글을 쓰면서 시작한다. 매일 이어지는 점들이 어떤 필연의 결과를 가져올지 기대된다. 미래를 알 수 있는 사람은 아무도 없다. 오늘 내가 찍는 이 점이 모여 미래가 된다. '스몰 라이팅'으로 함께 책 쓰는 점을 찍을 수 있어 좋다.

1-4.
세상에 뿌리는 씨앗

권은주

소리가 귓가를 때린다. 응급실 주차장 안으로 진입하면 앰뷸런스 사이렌을 끄는 것이 국룰인데 어쩐 일인지 사이렌 소리가 멈추지 않는다. 짜증이 극에 달하고 예민해지기 시작한다. 입구에 문이 열리는 순간 직감했다. 긴박한 목소리, "사람이 칼에 찔렸습니다." 제일 가까이 있던 나는 심폐소생술 구역으로 뛰어갔고 다른 의료진들도 앞다퉈서 모였다. 가슴 부위의 상처를 확인하기 위해 옷을 가위로 자르려는 순간 멈칫했다. 본능적인 행동이었다. 가슴 중간에 칼이 꽂혀 있었던 것이다. 다급하게 흉부외과를 호출하고 당직 의사는 심장 압박을 시작했다. 심장 압박을 하면 할수록 가슴에 꽂힌 칼자루도 함께 움직였다. 의사와 눈이 마주쳤지만, 어쩔 수 없는 상황에 최선을 다해 심폐소생술을 했다. 곧이어 환자의 사망선고가 이어졌다.

그녀는 이제 막 스무 살을 넘은 대학 새내기였고, 전 남자 친구에게 이별 통보 후 변을 당했다고 했다. 나와 몇 살 차이 나지 않는 그녀를 보며 울었다. "뭘 그리 잘못했길래 꽃다운 나이에 저렇게 죽는 건가요?" 함께 일하던 동료들과 선배들은 날 달래 주었다. 하지만 남아 있는 다른 환자들을 위해 감정을 빨리 추슬러야 했다. 응급실 간호사는 언제나 냉철해야 하며 상황 판단이 빨라야 했다. 감정에 이입해서 근무 중 우는 일은 용납되지 않았다. 나의 감정은 꾹꾹 눌러 담아야 했고, 내 감정보다는 늘 환자가 우선이었다. 23년이 지난 나는 감정과 느낌을 어떻게 사용해야 하는지 모르는 사람이 되었다. 참는 것에 익숙하고 '어떻게 하면 충돌을 피할 수 있을까?'에 초점이 맞춰져 내가 무엇을 좋아하는지, 무엇을 원하는지 모르는 감정 불구가 된 것이다. 물론, 슬픔과 화의 감정은 고스란히 남아 나를 조종하고 있었다.

그러던 어느 날 5년째 참여하고 있는 〈부산큰솔나비〉 독서 모임에서 정인구 작가가 말했다. "독서의 최종 결과는 글쓰기다." 독서의 아웃풋(Output)이 글쓰기라는 것이다. '책 읽기도 버거운 나에게 글을 쓰라고 하다니!' 다른 행성, 딴 사람 이야기였다. '어릴 적엔 곧잘 일기상도 받고 글짓기상도 받았지!

스몰 라이팅으로 시작합니다

내 이름으로 된 책도 갖고 싶었던 적이 있었구나!' 어린 시절
작가가 꿈인 것이 기억났다. '꿈은 꿈일 뿐. 누가 다 이루고 사
나?' 바쁜 일상 속에서 그렇게 그 생각은 스쳐만 지나갔다. 하
지만 운명이었을까? 2023년 초, 〈부산큰솔나비〉 독서모임에
서 《거인의 어깨》 글쓰기 붐이 일어났다. 이 책은 매일 명언
문단을 읽고 본인의 생각을 글로 적는 것이다. 새벽마다 단톡
에 올라오는 회원들의 글을 보면서 여전히 도전할 분야가 아
니라고 생각했다. 시작하면 365일을 해야 하는 것이다. 그러
던 어느 날 J 선배의 글을 읽었다. 본인이 있었던 일들에 대해
담백하게 적어낸 글을 읽으며 '어쩌면 나도 글쓰기를 할 수 있
을지도 모르겠다'는 용기가 났다. '108배보다는 덜 힘들겠지,
앉아서 글을 쓰면 무릎은 아프지 않을 거야.' 매일 새벽 5시
명상과 기도를 꾸준히 이어오지 못해 마음속 죄책감을 글로
덜어보자는 심산으로 글쓰기는 시작되었다.

처음엔 글을 올리는 것이 부끄러웠다. 시간이 약이라고 하
지 않았던가? 부끄러운 감정도 무뎌졌다. 〈아주 특별한 아침
(미라클 모닝)〉 모임에 참여하는 선배들이 가끔 내 글이 재미있
다고 말해 준 덕분에 글쓰기가 지겹지는 않았다. 그렇게 250
여 일을 이어가던 중 우연한 기회에 〈생각의 별〉 백건필 작가
의 글쓰기 수업을 듣게 되었다. 새벽 5시부터 7시까지 2시간
동안 줌으로 진행되는 숨막히는 수업이었다. 일곱 문장 모듈

을 익히는 것이 이 글쓰기의 핵심인데, 첫 수업부터 혼란스러 웠다. 수업 시간에 작성한 글을 실시간으로 피드백 받는 것은 상상도 못 해본 것이다. "1분 남았습니다."라고 말하는 작가 말은 내 심장을 쪼여왔다. '이 수업의 끝은 뭐죠?' 작가에게 차 마 물어보지 못하고 수강생들끼리 술렁이기 시작했다. 끝도 모른 채 혹독한 24회차 수업을 마쳤다. 매회가 어렵고 힘들었 다. "어릴 적 꿈이 간호사였다." 말하는 사람들을 보면 '간호학 과를 먼저 가야 한다.'는 생각을 한 적이 있는데, 작가도 직업 이었던 것이다. 글 한 줄 쓰지도 않고 작가가 된다는 것은 어 불성설이었다. '피나는 노력으로 작가가 되는 거구나' 내 어 릴 적 꿈이었던 작가는 '일곱 문장' 글쓰기 수업을 듣던 중 오 히려 깔끔하게 포기하게 되었다. 다만, 보고서나 전달할 내용 을 간단, 명료하게 할 수 있는 것만 해결되어도 만족하기로 했 다. 마지막 수업 후 과제를 마무리하기 위해 오랜 시간 자료 를 찾고 수정에 또 수정을 거듭했다. 일곱 문장 모듈을 잘 활 용하여 내가 쓰고 싶은 이야기로 마무리했다. 아주 만족스러 웠다. 24회차 수업을 마치고 수료식 날 수강생들은 돌아가면 서 소감을 말했다. "간호사로 지내면서 감정을 억누르는 데 익숙해져 있었습니다. 〈7 문장 글쓰기〉로 색다른 경험을 했 어요. 잊고 지내던 내면의 깊은 감정들이 되살아났고, 제가 쓰는 글에 따라 인생이 변화하는 경험을 했습니다. 앞으로도 그 길을 따라가 보겠습니다." 순간, 나도 모르게 울컥했다. 함

스몰 라이팅으로 시작합니다

께한 동료들과 강사는 따뜻한 눈빛과 격려의 박수로 그간 보낸 힘든 시간을 격려해 주었다.

수료식을 마치고 얼마 되지 않아 '생각의 별' 수업을 동고동락한 K 선배에게 연락이 왔다. 정인구 작가의 〈글센티브 직장인 책쓰기〉에 함께 하자는 것이었다. '과연 이 많은 것을 할 수 있을까?' 두 번 정도 고사했지만, 글을 쓰고 난 뒤 생활이 변화한 것을 돌이켜 보면 '수업 뒤에 따라오는 인생은 어떨까?' 궁금해졌다. 바로 정인구 작가에게 수업을 듣겠다고 연락했다. 그때는 몰랐다. 그 수업이 공저의 문을 여는 것이라는 것을.

'인생은 어디로 가는 것일까?' 다가올 미래에 걱정 근심만 하고 어떻게 해야 할지 어영부영하다 '내 이럴 줄 알았지!'라며 보내온 세월이었다. 지금은 내가 선택한 인생을 사는 방법을 알 것 같다. 바로 '글쓰기'다. 사람들은 왜 내가 글쓰기를 하는지 묻는다. "소설이나 시를 쓰는 작가가 되실 건가요?" 나역시 그랬지만 사람들은 작가가 되는 사람은 따로 있다고 생각한다. 하지만 글쓰기에는 믿기 힘든 놀라운 힘이 있다. 쓰지 않으면 절대 알 수 없는 마법과도 같은 힘이다. 첫째, 머릿속에 떠돌던 생각이 명료해진다. 문장마다 힘을 주는 메시지, 긍정 확언을 쓰다 보면 내 삶이 글 쓰는 방향과 일치된다.

둘째, 글 속엔 부정적인 말이나 화가 나는 상황이 없다. 정제된 글로 내 감정과 생각을 표현하다 보니 순화됨을 느낄 수 있다. 나는 이미 글 속에 그런 사람이 된 것이다. 셋째, 매 순간 일어나는 작은 일 하나에도 의미를 부여하게 되니 삶이 풍요로워진다. 행복한 상상은 덤으로 따라오니 내 인생은 더 가치 있게 영글어 간다.

글쓰기의 힘을 알게 된 이상, 글을 쓰지 않는 이전의 삶으로 돌아갈 수 없다. 이런 큰 힘을 쓸 수 있는데 글을 쓰지 않을 이유가 없는 것이다. 그렇게 세상을 이롭게 하는 글을 쓰고 싶다는 소박한 꿈을 가지게 되었다. 언제 필지 모르는 꽃이지만 오늘도 하루하루 정성 들여 글쓰기 씨앗을 뿌리고 있다.

스몰 라이팅으로 시작합니다

1-5.
마음의 평화를 위한 도구

———————— 신민석 ————————

　　사람마다 인생에 우선순위가 제각기 모두 다를 것이다. 누구에게는 '물질적인 부'가 가장 중요하다고 말하는 사람이 있을 것이며 다른 누군가에게는 '건강' 또 다른 누군가에게는 '가족'이 가장 소중하다고 말하는 사람이 있을 것이다. 나에게 있어 가장 중요한 것은 바로 '마음의 평화'다. 아무리 가진 게 많고 건강하며 소중한 가족이 있을지라도 마음에 평화가 깨지고 그 기간이 지속되면 건강은 물론, 물질적인 부 그리고 소중한 가족도 더 이상 내 곁에 있을 수 없기 때문이다. 내가 하루 일과 중 가장 많은 시간을 보내는 직장에서도 마찬가지다. 직장에서도 상사가 업무 지시를 하고, 그 지시받은 업무를 하는 과정에서 이 업무를 하는 목적과 이유가 불분명하다고 나 스스로 생각하게 되면 일하기가 두 배로 힘들게 느껴지고, 두 번 다시 그 일을 하고 싶지 않을 것이다.

나에게 있어 가장 중요한 '마음의 평화'를 유지하는데 가장 큰 도구는 바로 '감사일기'를 쓰는 것이다. 불과 몇 년 전만 하더라도 주변에서 감사일기를 많이 쓰는 사람들이 나에게 함께 쓰자고 권하면 마음속으로는 '아무 도움도 되지 않는 거, 그런 걸 왜 해, 시간 낭비야'라고 생각했었다. 하지만 내 주변에 있는 사람들, 특히 독서 모임에서 함께 활동하는 사람들 상당수가 감사일기를 쓰고 있다는 것을 알게 되었고 그분들이 나에게 너무 좋으니, 하루라도 빨리 시작해 볼 것을 지속해서 권하는 바람에 처음에는 마지못해 억지로 썼다. 감사일기를 처음 시작할 때만 하더라도 사실 나는 보여주기식으로 감사일기를 작성했다. 그래서 의무감에 우리 단체 채팅방에 올리기 바빴다. 그때는 정말 나 스스로도 억지로 하는 느낌을 받았고, 감사일기를 2, 3문장을 쓰고 올리기에 급급했다. 하지만 지속해서 아침에 일어나 감사일기를 쓰니 아침을 풍요롭게 하루를 시작할 수가 있었고 또한, 저녁에는 오늘 있었던 감사한 일 들을 떠올리며 글을 쓰니 그 사람에 대해 다시 한번 감사함을 느끼고 기분 좋게 하루를 마무리할 수가 있었다.

아마 이 글을 읽은 독자도 감사일기를 쓰다 보면 느끼게 될 것이다. 오늘 하루만 하더라도 우리가 순간순간 알아차리지는 못했겠지만, 얼마나 많이 사람들에게 감사했던 일이 있었다는 것을 말이다. 사실 어떻게 보면 너무나 사소한 일일 수도 있다. 예를 들어 함께 일하는 직장 동료가 무거운 짐을 함께 옮기고 있는 나를 위해 문을 잡아 준다거나, 오늘 중요한 미팅이 있어 아침 출근부터 미팅 자료 준비하기에 바빴는데, 수고 많다며 직접 마실 차를 준비해 주는 등 어떻게 보면 하루를 마무리하는 시점에 일부러 감사일기를 적지 않았다면 몰랐을 아주 사소한 일들이었을 것이다. 하지만 다시 오늘을 떠올려보면 정말 감사했던 일이 참 많다는 것을 느낄 수 있다. 감사일기 쓰기를 시작하고 한 달 두 달 지나가다 보니 내 삶에도 변화가 생겼다. 다른 사람들에게 도움을 주려는 마음과 배려심이 생겨났으며 이런 행동을 할 때마다 미소가 자연스럽게 지어졌다. 그래서 그런지 마음 한편으로 풍요롭다는 느낌을 최근에 자주 느낄 수가 있게 되었다.

내가 식자재 유통 회사로 이직하고 얼마 되지 않아 물류량이 늘어나서 물류팀에서 새벽에 배송 지원을 나와달라는 요청을 했다. 그때 당시 나는 이직한 지 얼마 안 된 시점이라 거절할 수가 없었고, 물류 지원을 위해 새벽 4시에 일어나 출근했어야 했다. 나로서는 식자재 물건을 챙겨 차에 적재하고 배송하는 일이 처음이라 쉽지 않았다. 게다가 쌀을 비롯해 무거운 가공품 박스 제품들을 옮겨 싣고 내리다 보면 몸에도 무리가 갔다. 그래서 처음에 새벽 배송 지원 요청이 싫을 수밖에 없었다. 하지만 감사일기를 쓰고 난 이후에는 많이 달라졌다. 세상은 그대로이고 나의 관점만 바뀌었을 뿐인데 태도와 마음가짐을 바뀌게 된 것이다. 새벽에 나와서 자기 것이 아닌 물건을 서로 찾아주고 도와주고 하다 보니 분위기도 좋아졌고 웃음도 많아졌다. 그렇게 하다 보니 어느 순간 새벽 물류 요청 소리가 그렇게 예전처럼 싫게만 느껴지지 않게 되었다. 오히려 내가 배송해 주는 식재료들로 인해 병원에 입원해 계신 몸이 불편한 환자들과 요양시설에는 계시는 할머니, 할아버지 그리고 직장인들이 한 끼 맛있는 식사를 하게 된다고 생각하니 작은 행복과 만족감을 느낄 수가 있었다. 그렇게 지금 하는 일이 얼마나 보람된 것인지 깨닫게 되었다. 덤으로, 새벽 배송 중에 먹는 도매시장 인근 노점에서 판매하는 김밥 한 줄과 캔 커피는 왜 이렇게 맛있는지 모르겠다. 그러면서 새벽 출근길에 차가운 새벽 공기마저 상쾌하고 기분이 좋아졌다.

사실 그러고 보면 주변 환경은 하나도 바뀐 건 없다. 새벽에 함께 일하는 직장 동료와 기사님들, 회사 시스템, 새벽공기 게다가 김밥 맛은 그대로지만 단지 바뀐 게 있다면 내가 세상을 바라보는 관점 달라졌을 뿐이다. 하지만 그게 나의 모든 것을 바꿔 놓았으며 그 도구가 감사일기를 쓰는 것이었다.

이 글을 읽고 있는 독자분도 똑같이 생각할 수 있을 것이다. 감사일기 쓰는 게 뭐 그렇게 특별한 거라고…. 하지만 하루에 두 문장이라도 좋으니 딱 한 달만 써보라고 권하고 싶다. 억지로라도 한 달을 채우게 되면 그 이후로는 감사일기를 쓰지 말라고 해도 스스로 쓰게 될 것이라고 말이다. 감사일기를 쓰다 보면 내 주변에 감사했던 걸 하나하나 찾고 인지하게 된다. 그렇게 지속해서 찾다 보면 평소에는 미처 생각하고 느끼지도 못했던 사건, 사람이 내게 오는 걸 느끼게 될 것이다. 나이가 적든 많든, 혹은 사회 경험이 많든 적든 중요한 것이 아니다. 바로 자신의 현재 감정과 마음 알아차림을 위해 꼭 해야 하는 것이 바로 감사일기다.

1-6.
나는 숨 쉬고 싶다

이소윤

     글쓰기는 나에게 인공호흡기와 같다. 왜냐하면 글쓰기는 생사를 넘나드는 극심한 스트레스를 받는 환경 속에서 생명유지 장치 역할을 했기 때문이다. 1998년부터 병동 간호사로 활동하다가 2001년 수술실 간호사로 근무하게 되었다. 특수 부서에서 수술실 간호사로 근무했던 시간이 가장 힘들고 애정이 많이 가는 시절이다. 일반인들이 상상하기 힘들 정도로 돌발상황이 많고 정신적, 육체적, 지식적인 면에서 많은 것을 요구하는 곳이다. 특히, 야간근무 시간의 응급수술은 부족한 인력으로 인해 감당하기 어려운 일들이 많다. 출근할 때마다 어떤 일들이 몰아칠지 걱정하며 마라톤선수가 출발선상에서 준비하듯이 출근 버스 안에서부터 몸과 마음을 정비하여 준비 자세를 취했다. 머리는 생각하고 눈으로 날카로운 기구와 바늘의 개수를 세고 귀는 온갖 기계음을 듣고, 코는 타는 냄새를 맡으며 입으로는 말하며 몸은 날렵하게 움직이며 행동했다. 긴장감과 두려움의 연속이다. "나는 할 수 있다. 할 수 있다."라고 스스로 다짐하며 마음을 다스렸다.

　수술복으로 탈의하고 완전 무장을 한 채 수술방으로 들어갔다. 정규업무를 시작하는 것과 동시에 뇌동맥류, 전 복막염 응급수술 2건이 바로 시작되었다. 수술실 평균 온도가 18~24도이지만 "이 밤에 등줄기 땀을 흘리며 하얗게 지새워야겠구나." 절로 깊은 한숨을 내쉬게 된다. 그것도 잠시 출산이 임박한 산모와 뱃속 아기의 생명이 위험하다며 제왕절개 응급수술을 하자고 야단법석이다. 야간 인력이 부족한 상황에서 동시에 2개에서 3개의 수술을 시작하는 것은 위험천만한 일이다. 하지만 "사람 생명보다 중요한 것이 무엇이 있겠는가?"라며 협의 끝에 제왕절개 수술을 열기로 했다. 한겨울에 반소매 옷을 입고도 등줄기에 땀을 뻘뻘 흘리며 하얀 밤을 보냈다. 다행히 응급수술은 무사히 끝났고 새 생명도 탄생했다. 다음 날 새벽, 밤새도록 응급수술에 사용하던 온갖 기구와 장비들을 정리하며 정규수술 업무를 준비했다. 야간근무는 12시간 이상 근무하다 퇴근하는 일이 다반사이다. 수술실 간호사가 극한 직업이기는 하지만 생명의 탄생과 환자의 치유에 도움을 줄 수 있으니 보람된 직업이기도 하다.

수술실에서 승진 후 주간 근무만 했지만, 끊임없이 신규 간호사 교육과 평가, 늘어만 가는 의무, 체력적인 한계에 부딪혔다. 이후 수술실에서 경력이 고려되어 외과 외래로 부서 이동을 하게 되었다. 발령받기 전 오리엔테이션으로 새로운 부서의 전산 시스템과 업무를 미리 적응하도록 준비도 하였다. 2017년 10월, 긴 추석 연휴가 끝나자마자 새로운 부서로 초조하고 긴장된 마음으로 출근하였다. 아뿔싸! 긴 연휴 뒤라 밀려드는 환자들로 곤욕을 치렀다. 정확한 내용을 알지 못해 환자들을 길게 줄 세우고 얼굴은 붉게 달아올라 쩔쩔매며 설명했던 기억이 난다. 수술실은 환자들이 마취된 상태라 아무 말도 하지 않지만, 새로운 외과 외래는 환자들이 얼마나 많은 질문들을 하는지 완전히 다른 업무 환경을 생각하면 지금도 아찔하다. 스스로 문제를 해결할 수 없으니, 자존감이 떨어졌다. 핵심 내용만 정리해서 설명해도 환자들이 알아듣지 못하니 속은 타들어 가고 답답함과 분노가 치밀어 오르다가 허탈감마저 들었다. 그동안 쌓아왔던 경력들은 아무 소용이 없다는 말인가? 빨리 업무 환경에 적응할 방법은 무엇인가? 스스로 끝없이 질문하며 적응하려고 무척이나 애를 썼다.

그러던 어느 날 환자에게 한참을 설명하다가 왼쪽 가슴에 무언가 꽉 쪼이는 느낌이 들면서 금방이라도 숨이 넘어갈 것처럼 호흡이 힘들어졌다. 순간 아무것도 못 하고 하얗게 질려 그대로 서 있었다. "아, 이렇게 사람들이 심장마비로 죽는구나."라고 꺼져가는 불빛처럼 힘없이 말했다. 지금 쓰러져 죽어도 이상해할 것이 없어 보였다. 바로 순환기내과로 가서 진료받고 여러 가지 검사를 했지만 아무 이상이 없다고 한다. 일단 과학적으로 증명된 육체적인 문제는 없는 것으로 확인되었다. 안심하는 것도 잠시, 얼마 지나지 않아 이른 아침 출근하려고 지하철을 탔다. 지하철 문이 닫히는 순간 포획용 틀에 잡힌 짐승처럼 갑자기 숨이 막혀 어찌할 바 몰라 정신없이 날뛰었다. 중간에 지하철에서 내려 버스를 타고 출근을 서둘러보지만, 버스 문이 닫히는 순간 숨을 쉴 수가 없었다. 우여곡절 끝에 출근하여 업무 준비를 위해 앉아 있으면 또 갑자기 숨을 쉴 수가 없어 너무 무섭고 두려웠다. 증상의 발현 기간이 짧아지고 강도는 심해졌다. 결국에는 전문의 선생님을 찾아가 상담을 받고 약을 처방받았다. 약을 먹는 동안 예민한 감각은 둔화하여 증상이 없어졌다. 하지만 약물치료가 근본적인 해결책이 될 수 없었다. 숨을 쉬기 위한 돌파구가 간절히 필요했다.

2019년 가을 〈부산큰솔나비〉 독서 모임에 참여하여 책을 읽고 쓰면서 안정을 찾았다. 2021년 3월 〈부산큰솔나비〉 독서 모임에서 강지원 선배가 주최하는 '글쓰기 습관 만들기 프로젝트'를 하게 되었다. 처음에는 과연 내가 할 수 있을까? 의

구심이 들었지만 더 이상 물러설 곳이 없었기에 그냥 쓰기로 했다. 처음에는 3줄 쓰는 것도 어려웠다. 하지만 이내 수술실 간호사로 근무하던 시절과 부서 이동으로 힘들었던 상황과 감정을 솔직하게 표현하자 복잡한 생각이 정리되면서 글쓰기가 한결 쉽게 느껴졌다. 스스로를 되돌아볼 기회가 되었다. 그리고 나의 글을 읽고 격려와 공감의 글을 남겨주신 분들은 친구, 가족보다 더 큰 힘이 되었다. 글쓰기는 스트레스를 조절할 수 있는 능력을 길러주고 심리적으로도 안정감을 주었다. 나에게 글쓰기 시간은 편안하게 숨을 쉴 수 있는 유일한 시간이 되었다. 인공호흡기를 달고 깊은 숨을 들이쉬고 내쉬듯 생명 연장 장치, 글쓰기의 힘을 알게 되었고 글쓰기를 계속하기로 마음먹었다. 글쓰기는 정신적으로 육체적으로 숨 쉬게 하는 중요한 매개체가 되었다.

스몰 라이팅으로 시작합니다

1-7.
10년 전 '나'에게서 온 응원의 마음 편지

이하루

번아웃으로 퇴사한 후 내 모습을 보니, 딱! 마음이 죽어있는 '우물 안 개구리' 신세였다. 사실 퇴사 전부터 마음 치료를 받으며 간신히 버텨왔었다. 하지만 그마저도 결국 한계치에 도달해서 마음이 무너지고 말았다. 사실 진작 그만뒀어야 했다. 미련했던 탓에 나는 오로지 '널스바인더 프로젝트(업무지침 개선 프로젝트)'를 내 손으로 마무리지을 생각뿐이었다. 내가 시작한 프로젝트의 마침표는 직접 마무리하고 싶었다. 문제는 일을 줄여도 모자랄 판에 오히려 QI(질 향상 활동) 추가 업무를 스스로 더 찾아서 했다는 것이다. 그렇게 아무도 시키지 않은 짓을 하며 스스로 내 목을 조른 격이다. 오롯이 내 선택이자 내 책임이었다.

지금 생각해 보면 그때까지 버텨낸 게 신기하다. 얼마나 어리석고 미련했는지 자신에게 진심으로 미안할 뿐이다. 하지만 집에서 쉬어도, 쉬어도 체력이 충전되지 않았다. 더 심각했던 건 무기력증과 무망(無望)감이었다. 선의를 악의로 답하는 악마, 부당했던 일에 대한 분노. 자괴감 등 복잡하고 부정적인 감정들이 나를 집어삼켰다. 수면 패턴도 정상일 리 없었다. 때론 등이 아플 때까지 12시간 이상 과수면을 하고 악몽에 시달리는 불면증을 번갈아 반복했다. 사람들은 무서워서 만나지도 못했다. 퇴사 후 3개월간 가족, 운동 선생님, 주치의 선생님과 함께할 뿐이었다.

다행히도 퇴사 전부터 이미 마음 치료를 받고 있었고 휴식과 운동에 집중하니 점차 호전을 보였다. 그렇지만 여전히 사람이 무서웠다. 이렇게 온갖 잡념과 나쁜 감정이 나를 지배할 때 무작정 걷거나, 헬스, 필라테스, GX 프로그램을 하면서 몸을 움직였다. 주기적인 상담 치료도 도움이 되었다. 지푸라기라도 잡는 심정으로 이번엔 여행을 떠나보기로 했다. 평소 여행을 그리 즐겨하지 않아 큰 설렘은 없었다. 하지만 새로운 경험이자 치료의 목적으로 떠나보았다. 남들이 그렇게도 좋아하는 여행, 왜 나는 여행을 즐기지 못했던 걸까?

2주간 제주 여행을 하면서 오롯이 나를 비워내는 시간을 보

스몰 라이팅으로 시작합니다

냈다. 1주간 친구와 함께 여행하고, 남은 1주는 혼자 여행했다. 예전 같으면 여행도 일처럼 부지런히 일정을 짜서 빡빡하게 다녔겠지만, 이번엔 마음이 흐르는 대로 여유 있게 시간을 보냈다. 아직도 잊혀지지 않는다. 6월의 제주, 따듯한 햇살이 비친 은빛 물결, 에메랄드빛 제주 바다가 정말 아름다웠다. 마음이 편안한 상태여서였을까? 대학생 때 학교 프로그램으로 갔던 하와이 바다보다 더 아름다웠고 좋았다. 역시 여행은 누구와 함께하느냐가 정말 중요한 것 같다. 한참 바다를 바라보며 빈 연습장 한 권을 가지고 다니면서 마음과 머릿속을 수시로 마구마구 써 내려갔다. 비록 낙서에 가까운 글들이었지만, 온전한 나 자신과 앞으로의 방향에 대한 귀한 단서가 되어주었다. 글쓰기란 나조차도 알지 못하는 스스로를 알아가게 했다. 신기한 매력이다. 여행의 마지막에 한라산 등산을 했다. 정상까지 거의 12시간 등반하면서도 마음의 소리를 글로 적어냈다. 글쓰기 덕분에 '나를 되찾아 가는 여행'을 성공적으로 마칠 수 있었다. 한라산 정상의 귀여운 밤비가 그립다.

비움의 제주 여행, 온전히 나와 대화를 나누면서 10년 전의 '나'도 만날 수 있었다. '22살의 이하루는 정말 열정과 에너지가 넘쳤었는데…' 문득 아련한 추억이 떠올랐다. 반수를 해서 스스로 간호학과에 입학을 했다. 간호학과 생활이 고4 수험 생활의 연속이라고 들었지만 정말이었다. 물론 학생이 공부를 하는 건 불만이 없었다. 하지만 또 수험생처럼 시험 성적에 모든 걸 거는 수험생활 같은 공부가 싫었다. 이제는 세상 구경도 하고 싶고 다양한 경험을 하고 싶었다. 더 이상 책보고 앉아서 하는 공부가 아닌 직접 눈으로 보고 느끼면서 하는 생생한 공부를 하고 싶었다. 심지어 간호학과는 방학마저도 실습을 나가야 했다. 졸업 후 병원 입사하면 신규 간호사의 생활을 혹독하게 이겨 내야 한다. 정말 암울하고 답답했다.

1학년 학과 생활을 마치고 깊은 고민에 빠졌다. 학과 공부에 몰입한 1학년 생활 이후에 남는 건 성적장학금 말곤 다른 행복이 없었다. 다들 놀면서 공부도 잘하지만, 난 그렇게 머리가 좋지 못했다. 그래서 성적은 적당한 선으로 관리했다. 대신 세상을 구경하면서 다양한 경험을 하기로 마음을 먹었다. 덕분에 이후로 성적장학금은 물 건너가고 〈교내 독서감상문 대회〉에서 수상해 받은 귀여운 장학금이 마지막이 되었다. 꽃다운 청춘, 20대를 공부만으로 보낼 순 없었다.

먼저 독서 모임을 하고 싶었다. 지금은 다양한 플랫폼을 통해서 독서 모임이 활성화되어 있다. 하지만 10년 전에는 독서 모임이 없었다. 대부분 취업을 위해 스펙을 쌓는 토익 스터디, 자격증 스터디들이었다. 22살 '해 맑은 열정'으로 독서 모임을 만들었다. 감사하게도 언니, 오빠들은 아무것도 모르는 '막내인 나'를 잘 이끌어 주었다. 내가 모임의 장이었지만, 항상 든든한 언니, 오빠들 덕분에 모임이 안정화되고 체계적으로 2년 동안 운영할 수 있었다. 모임을 하면서 다양한 학과의 사람들과 새로운 생각을 나누니 정말 재밌었다. 각자 전공이 다르기에 경험이 달라서 그런지 접근하는 생각부터가 신선했다. 서로 생각을 나누면서 더 나은 생각으로 다듬어 가는 과정이 좋았다.

독서 모임으로 새로운 세상을 맛보면서, 호시탐탐 다양한 경험을 할 궁리를 했다. 봉사활동도 일부러 교외 봉사활동 동아리에 따로 가입해서 다른 대학 학생들을 만났다. 그리고 당시 대학생들에게 내일로 기차여행의 기회가 있었다. 내일로는 일주일간 자유 기차여행 티켓이다. 호화로운 여행에 큰 욕심이 없었지만 '대학생들만의 좋은 추억'이 될 것 같아서 좋아했던 여행이다. 첫 내일로 여행에서 태풍이 왔지만, 만난 여행 친구들과 일정을 조율해서 순천, 여수, 남원, 전주, 곡성, 강원도 정선까지 다양하게 돌아다녔다. 열악한 여행이었지만 그땐 뭐가 힘든지도 모르고 그저 재밌었다. 두 번째 여행에서는 각 지역을 다닐 때 봉사활동 일정을 넣었다. 새로운 지역 사람들과 봉사활동 한다는 게 재밌었다. 광주 로봇 캠프, 인천 사랑의 열매, 마지막으로 충북 음성 꽃동네에도 고등학교 때의 추억으로 다시 가보고 싶었지만, 대중교통이 너무 불편해서 가지 못했다.

이렇게 10년 전의 아련한 추억들이 스쳐 지나갔다. 힘들었지만 돌이켜보면 행복했었고 보람 있었던 시간이었다. 그리고 다양한 경험을 통해서 가장 좋았던 건 항상 귀인 같은 사람들을 만났던 것이다. 활동 자체도 보람 있었지만, 평생 본 적 없는 '신세계 신인류' 같은 사람들을 만날 때가 가장 재밌었다. 내가 경험한 국한된 삶이 아닌 '그들만의 세계, 우주'를 만날 수 있었다. 그렇게 10년 전을 추억하며 '22살의 이하루'가 나에게 다시 힘을 내라는 응원의 목소리가 마음으로 전했다.

"하루야, 병원생활 하느라 그동안 정말 고생 많았어. 너의 새로운 시작을 진심으로 응원할게."

스몰 라이팅으로 시작합니다

1-8.
선물 같은 글쓰기를 시작하다

이현정

"무엇을 쓰든 짧게 써라. 그러면 읽힐 것이다. 명료하게 써라. 그러면 이해될 것이다. 그림 같이 써라. 그러면 기억 속에 머물 것이다." 조지프 퓰리처, 글쓰기 명언이다.

6급 승진 전 공무원 생활 중 끝판왕 업무를 하여야 했다. 각오는 하고 있었지만, 몸과 마음이 이렇게까지 힘들 것이라고 생각조차 하지 못했다. 2015년 육아휴직 후 업무 복귀는 일상 탄력성이 달라진 나를 뼈저리게 느끼게 하였다. 많은 업무들이 몸과 마음을 짓눌렀다. 사람들은 공무원 업무가 단순 민원, 법적 업무 등을 한다고 생각하는데, 실제로는 그 업무 이외에 다양한 지방자치단체장 공약 및 시책 업무도 추진한다.

사업부서 업무를 하면서 실무자로서 이때가 가장 힘들었던 시기였다. 시련과 고난의 경험을 맛보기도 했다. 다양한 공모 사업 신청 준비 공모 선정 후 업무로 퇴근이 늦어질 때가 많았다. 매번 새로운 아이디어 및 시책 사업 등 만들어야 해서 힘들 때가 많았다. 모든 것들이 힘든 것만은 아니었다. 잊지 못할 소중한 경험도 있었다.

문화관광부 주관 공모가 있어서 신청했고, 1차 선정 소식을 들었다. 공모 선정은 남다른 의미를 주었다.

추석 전 공모에 신청했다. '명란'을 소재로 지역 콘텐츠를 구성하여 지역관광과 연계하는 아이디어가 큰 역할을 했다. 1차 공모 선정 합격 소식을 듣고 너무나 기뻤지만, 기쁨도 잠시, 추석 연휴가 끝나자마자 2차 PT 제출 및 발표를 준비해야 했다. 추석 연휴 동안 음식을 준비할 시간이나 휴식 시간은 없었다. 연휴 마지막 날 정오쯤 홍보·마케팅 전문업체를 방문하여 제안한 1차 공모에 선정된 모든 내용을 담아 2차 발표를 위한 PT를 준비하여야 했다. 1차 때 제안한 공모 내용을 2차 PT 내용에 어느 정도 반영하여 발표할 자료가 만들어졌을 때 시계를 보니 새벽 3시쯤이었다. 학창 시절에도 밤새워서 공부한 적 없었던 나였다. 직장에서 2차 공모 발표를 위해 밤새워 준비하는 내 모습이 눈꺼풀은 무거웠지만 내심 흐뭇했다. 며칠 뒤 문화체육부 심사위원 10여 명 앞에서 마이크 잡고 발표했다. 그때 생각하면 가슴이 터질듯한 떨림도 있었지만, 숨겨진 역량을 키울 수 있었던 값지고 귀한 기회였다. 이제 다양한 역량을 갖추고 싶은 '나'를 찾고 싶은 중간관리자가 되었다. 실무업무보다 더 많은 아이디어로 담당자들의 업무 방향 등 속칭'가르마'를 타주는 역할을 하는 자리다. 다양한 지식과 정보를 갖추고, 새로운 분야에 도전하여 많은 것을 배우고 싶었다.

'나 자신을 바꾸면 세상이 변한다'라고 간디는 말한다. 나에게도 작은 변화가 시작되었다. 퐁당퐁당 참여하던 〈부산큰솔나비〉 독서 모임에 적극적으로 참여했다. 독서 모임에서 직장인을 위한 글쓰기 수업 과정 〈글센티브 직장인 책쓰기〉를 만나게 되었고 운명처럼 그냥 그렇게 막 적기 시작했다. 새벽 5시 〈아주 특별한 아침(미라클 모닝)〉 모임을 함께하는 선배들은 기상나팔 소리도 없이 자연스럽게 온라인 모임 줌(ZOOM)에 참여했다. 매일 책 읽고 지정된 책을 필사하거나 각자의 경험을 담은 글들을 단체카톡방에 올린다. 지하철 출근길 나의 독서 책은 대화방에 올라온 다양한 이야기 가득한 선배들 글이다. 아침잠이 많아 〈미라클 모닝〉에 참여하여 글을 쓰지 못하지만, 참여하는 선배들을 본받아 하루 중 틈나는 대로 글을 올린다.

처음에는 내가 적은 글을 누군가 본다는 것 자체가 너무나 부끄러웠다. 그랬던 내가 어느새 지하철 출근길 눈치 보며 글을 쓴다. 나를 위, 아래를 훑어보던 아저씨가 자리를 양보해 주시는 이야기를 그냥 막 적는다. 지천명 50세 나이에 가임기 여성으로 보는 것을 좋아해야 할지. 웃을 수도 없고 울 수도 없는 이야기이지만, 그냥 막 적었다. 어느 날은 고1 아들이 여자친구를 사귀면서 "지금 너무 행복해"라고 몇 번이나 반복하자 "18년을 길러준 엄마와는 행복하지 않았니?"라고 물었던 이야기도 적어 올린다. 독서 모임 선배와 함께하는 〈아주 특별한 아침〉 카톡방은 힐링 존이다.

코로나 백신접종 이후 이상 증상으로 흑색종이 생긴 엄마가 아프기 시작한 것은 순식간이었다. 아프다는 통증을 말하기 전에 엄마 흑색종은 온몸에 퍼져갔다. 엄마의 죽음은 직장 다니고 바쁘다는 핑계로 엄마의 말을 외면했던 나에게 처절한 응징의 대가처럼 느껴졌다. 발병한 지 몇 달 만에 엄마를 하늘나라로 보내드려야 했다. 황망한 슬픔은 가슴속 멍울이 생겼다. 엄마 떠난 자리에 홀로 있는 아버지 모습은 가슴을 아리게 했다. 아버지는 떠난 아내를 그리움으로 보고파 하기도 전에 의·식·주를 해결하는 데부터 난관에 부딪혔다. 요리 한번 한 적 없는 아빠는 쌀 씻기 연습부터 해야 했기 때문이다. 직장 핑계가 아버지 식사 등을 챙기는 것에 면죄부가 되긴 했지만, 나 대신 애쓰는 언니한테 미안하고 고맙다. 작은 오해가 서로의 상처가 되지 않도록 마음을 다스리는 글들도 마구 올렸다. 엄마를 잃고 퇴근길마다 북받쳐 오르는 그리움에 아파트 1층 농구대 옆에서 숨넘어가듯 대성통곡하는 이야기도 적어 올렸다. 부끄럽지 않게 내 마음을 내어놓는 것을 보면 〈아주 특별한 아침〉 카톡방은 공감대 100퍼센트 아지트다. 마음 터놓은 글쓰기가 좌충우돌 소중한 이야기방이 되었다.

매력적이고 품격 있는 나만의 글을 적기 위해 교육비를 당당히 지급하고 '글쓰기 교육' 수업을 듣기 시작했다. 전문가 강의를 들어야 하는 이유가 분명 느껴지는 수업이다. 평소 독서량이 많고 매일 글을 쓰는 작가들의 글은 분명 달랐다. 이제 내 마음대로 쓰는 자유로운 글을 탈피하고 세련되고 매력적인 나만의 글을 쓰고 싶다. 직장, 가정일로 힘들지만 매주 수, 금 새벽 5시에서 7시, 2시간 글쓰기 수업을 받는다. 또 화요일 저녁 1시간 30분, 목요일 저녁 1시간 글쓰기 공부를 하고 있다. 무거워지는 눈꺼풀과 싸우는 힘든 여정을 겪고 있지만, 도전하는 내가 대견하다. 무엇이든 그냥 그렇게 시작하는 것이다. 글쓰기는 나태하던 나에게 활기를 불어넣어 주는 선물 같은 존재다. 글쓰기 여정을 시작하는 나에게 응원의 박수를 보내고 싶다. 글 쓰는 삶을 사는 독자 여러분에게도.

1-9.
가장 맛있는 라면은? '함께 라면'

정희정

나는 그저 책이 좋았다. 책에 대한 부담이 없었다는 것이 더욱 옳은 표현일 것이다. 멘토 추천으로 독서 모임에 참석했고 좋은 선배들을 만났다. 독서 모임 할 때 서로를 부르는 호칭은 '선배님'이다. 누구에게나 다 배울 점이 있기 때문이다. 독서 모임은 첫째, 셋째 주 토요일 아침 7시다. 아침 일찍 한다는 부담은 크지만, 일상에 방해가 없어 좋다. 두 시간 정도 참여하면 되기에 아침 시간을 효율적으로 사용할 수 있어 매력적이었다. 책을 읽고 2주마다 만나는 시간이 좋았다. 처음엔 아무 생각 없이 즐거운 마음으로 뚤레뚤레 가게 됐다. 책을 읽고 본 것, 깨달은 것, 적용할 것들을 토론으로 평소와 달리 말을 통해 입 밖으로 꺼내는 활동을 하니 실천해야겠다는 마음이 들었다. 이걸 '원북 원메시지', '원북 원액선'라고 한다. 이러한 활동들은 나에게 매우 파격적으로 다가왔다. '이건 뭐지? 그냥 책만 읽으면 되는 거 아닌가?'라며 독서를 쉽게 생각했던 내게 크나큰 오산임을 똑똑히 알려주었다. 읽고 깨닫기만 했지, 내 생활에 적용한 적이 있던가? 가히 충격적이었다.

내게 늘 신선함과 충격, 파격적임을 안겨주었던 독서 모임의 참여가 한 번, 두 번 이어지더니 어느덧 한 달, 두 달, 일 년, 또 오 년이 지나서 칠 년이라는 시간이 쌓였다. 독서 모임에 참석하면서 독서법이 있다는 것도 처음 알게 되었다. 교과서에서 핵심을 잘 골라내어 문제를 풀기만 하면 된다고 가르침을 받았던 내게 독서법이라는 단어가 참 생소했다. '어떻게 하면 책을 잘 읽을까?' 방법을 모색하다가 독서법에 푹 빠졌다. 배운 결과는, '내가 원하는 대로 읽으면 된다'는 것이었다.

이러한 가르침이 쌓이고 쌓이면서 선배들과의 관계는 더욱 돈독해졌다. 그러다 가족이 됐다. 독서 모임을 하면 책만 읽는 것이 아니라 배려를 배우고, 공감하고, '같이'의 소중함까지 더불어 배운다. 어른과 아이의 경계도 없고, 공평함과 공정함을 배운다. 서로를 격려하며 한 발짝 한 발짝 성장하는 우리들, '아무런 대가도 바라지 않고 서로를 열렬히 응원하는 곳이 이곳, 독서 모임'이다.

내가 참여하는 〈부산큰솔나비〉 독서 모임 슬로건이 '공부해서 남을 주자'이다. 독서가 좋았고, 습관화되었다. 나도 누군가에게 나누어 주고 싶었다. 그러던 중 직장에서 독서문화 정착 붐이 일었다. 간호직으로 구성된 독서 모임을 2년간 운영하다가 다직종 독서 모임인 〈리딩업〉이 탄생하였다.

아프리카 속담에 '빨리 가려면 혼자 가고, 멀리 가려면 함께 가라'는 말이 있다. 우리나라엔 아프리카처럼 정글과 사막의 험난한 곳이 존재하는 건 아니더라도 그만큼 삭막한 세상에 함께하는 글동무가 있으니 한 글자, 한 문장, 한 페이지를 읽고 써내는 것이 가능한 일이었다.

부산대학교병원 독서 모임 〈리딩업〉 선배들과 함께 소책자를 내기로 했다. 함께 소책자 제작 준비에 돌입했다. 내 손으로 생애 처음으로 소책자를 낸다는 게 얼마나 설레는 일인지… 두근두근 가슴이 방망이질해 댔다. 어떤 주제로 글을 쓸지, 언제까지 제출할지, 기획 단계 회의부터 신났다. 중학교 아이들이 수학여행 가는 것처럼 재잘재잘 즐거운 수다가 끊이지 않았다. 참여하는 선배들의 시너지가 배가되고 열정이 흘러넘쳤다. 〈리딩업〉 독서 모임의 소책자는 몇 번의 수정 끝에 퇴고 직전이다.

아, 이런 순간이 오는구나! 자랑스러운 9명의 작가님이 탄생 예정이다.

스몰 라이팅으로 시작합니다

그러다가 〈글센티브 직장인 책쓰기〉 과정을 수강 신청했다. 매주 화요일 저녁 21:00~22:30까지 진행된다. 얼마 전 수료를 했다. 이 과정은 기획부터 책이 출간될 때까지 무료로 코치해 준다. 코치가 함께 공부하는 사람들과 공저를 쓰자고 제안했다. 무턱대고 글쓰기 공저를 신청하고야 말았다. 총 10명, 팀장, 총무를 정해 서로 함께 응원하고 확언과 긍정 메시지를 통해 하루하루 성장하는 우리들이었다.

혼자였으면 가능했을까? 그냥 독서 모임에 참석하다 보니 사람들을 알게 되었다. 다양한 직업과 능력을 갖춘 사람들이 많다. 그중 작가도 있다. 작가 초청 특강도 했다. 책 읽고 글쓰는 사람들과 함께 하니 글쓰기의 기회가 주어졌다. 혼자였다면 엄두도 못 낼 일이다.

내세울 것 하나 없는 내가 이렇게 글을 쓰는 이유는 단 하나, 누구나 글쓰기가 가능하다는 것을 알려주고 싶어서이다. 나는 제대로 된 일기를 쓴 적이 없다. 블로그도 쓰자고 마음만 먹었지. 했다 안했다 의욕만 앞선 사람이다. 그런 나도 글을 쓴다. 혼자가 아니었기에 가능한 일이다. 혼자서는 할 수 없기에 주변의 도움을 받았다.

주변 환경을 글 쓰는 환경으로 만들어 나 스스로를 노출하면 된다. 혼자서는 하지 못할 일들을 함께한다. 동기부여 연설가이자 작가인 찰스 존스는 지금부터 5년 후 내 모습은 두 가지에 의해 결정된다고 말했다. "지금 읽고 있는 책과 요즘 시간을 함께 보내는 사람들이 누구인가?"라는 것이다. 어쩌다 보니 책을 읽게 되고 글을 쓰게 되었다. 올해 내 소책자뿐 아니라 이 책도 출간될 예정이다. 5년 후 베스트셀러 작가가 되어 있을 나를 그려본다. 함께 하면 멀리 가고 오래갈 수 있다. 여러분, 지금 노트와 연필을 준비하셨나요? 저와 함께 독서하고, 글을 써 봅시다!

스몰 라이팅으로 시작합니다

2장

글을 쓰고, 이렇게 달라졌다

2-1.
글을 쓰고, 작가가 되었다

강준이

　　"글을 쓰고 어떤 면이 달라졌나요?" 누군가 내게 묻는다면 다음과 같이 답변하는 삶을 꿈꾼다.

　　정년 후에도 할 일이 있다. 내 삶의 주인이 되었다. 작가가 되었다. 노년을 맞이하는 사람이 아닌 제2의 청춘을 맞이하게 되었다. 보는 시야가 넓어졌다. 또한 가까이 있는 모든 것에 공감할 수 있는 마음의 눈이 생겼다. 이 모든 것이 내 안에서 일어난 일이다. 그래서 나는 글을 쓰는 삶이 행복해졌다.

　　주말이 되면 늦잠을 자고, 아침에 일어나면 어젯밤 마신 술기운에 머리가 지끈거렸다. 금요일이면 TV와 영화를 보며 맥주를 마셨다. 안주로 코다리를 씹어 먹으며 시간을 보냈다. 그리고 월요일 아침이 싫었다. '또 출근이구나!' 이러던 내가 토요일 새벽 기상에도 몸이 가뿐해졌다. 아침 일찍 일어나 독서 모임 장소로 가면서 2주일 동안 읽은 것을 정리한 본깨적을 보면서 〈부산큰솔나비〉 독서 모임에서 토론할 내용을 정리한다. 새벽 시간이니 도로도 나를 위해 경찰이 통제를 한 것처럼 뻥 뚫려있어 의전 차처럼 시원하게 달린다. 모임 장소에 도착하면 반가운 선배들이 두 팔 벌려 환영의 인사를 해준다. 처음에는 대여섯 명으로 시작한 모임이 점차 늘어나니 좋은 점도 덩달아 가지를 친다. 책 읽기 고수가 된 선배들이 책 출간 기념 강연을 한다는 공지가 심심찮게 카페에 게시된다. 〈부산큰솔나비〉 독서 모임 선배가 작가가 된 것이다.

책 출간 축하를 위해 모인 축하객은 부산뿐만 아니라 전국 각지에서 모였다. 축하객들도 알고 보니 대부분 작가가 된 사람들이었다. 독서 모임에 계속 참가하다 보니 책을 출간한 사람과 그냥 책을 읽기만 한 사람들의 차이점이 보이기 시작하였다. 재보지 않아도 성장의 차이가 대화 속에서, 얼굴의 표정에서, 때로는 걸음걸이에서도 눈에 띄었다. 문학적 소양이나 지식 축적이 많고 적음은 문제 되지 않았다. 책을 출간하고 난 후 변화하고, 진화하고 있었다. 그런 선배들이 부러웠다. 어느 베스트셀러 작가보다 선배의 글이 내 가슴에 담겼다.

"나는 자동차 대학생입니다. 매일 강의가 있습니다." 내가 어느 날 만든 문장이다. 출퇴근 시간, 해운대 PT 받으러 가는 시간에 오디오 강의나 유튜브 강의를 들으면서 가면, 차가 아무리 밀려도 시간이 지루하지 않다. 어느 날 단체 톡 방에 광고성 알림이 게시되었다. 글쓰기 강의 단기 모집 안내였다. 망설임 없이 거액(?)의 강의료를 입금하고 신청하였다. 줌 강의 시간이지만 피드백을 받으니 오프라인 강의 효과가 있었다. 혹독한 시간을 보내고 나니 글쓰기 공부를 계속하고 싶은 마음이 간절해졌다. 정년퇴직을 한 친구들이 그림을 그리기 시작하는 것을 많이 보아 왔다. 나는 정년 후 글쓰기를 하고 싶어서 배우면서 글을 쓰고 있다.

토요일 아침이면 다대포 갈매길 산책을 한다. 장림포구에 정박해 있는 작은 어선들 바라보는 나의 시야가 글쓰기를 시작하고 달라졌다. 잘 정리된 그물 더미 속에서 어부의 손길을 보게 된다. 또한 그물을 정리하면서 흥얼거리는 노랫소리도 들리는 듯하다. 멀리 잔잔한 다대포 바다의 파도에도 저 멀리 망망대해에서 보내온 태양의 열기가 느껴진다. 갑자기 구름 속에서 나타난 비행기 안의 여행객들의 들뜬 표정도 보인다. 무엇보다 물속에서 펄떡이며 수면 위로 자맥질을 하는 고기의 환호성이 귓가에 들린다. 갈매기와 낚시꾼을 잘도 피하며 즐기는 고기들의 자유가 느껴져 산책길이 풍성해진다. 길가에 만발한 해당화를 보면서 겨우내 심으며 가꾸던 인부들의 수고에도 위대함을 느끼며 감사한 마음이 파도가 되어 밀려온다. 산책 발걸음이 이어질 때, 호흡마다 기쁨의 외침도 뿜어져 나온다. 마치 엔진 달린 자전거처럼 장시간 시간 가는 줄 모르고 걷게 해준다. 스치며 지나는 산책객들의 대화가 시끄럽지 않게 귓가에 맴돈다. 혼자서 걷는 사람, 강아지와 같이 걷는 사람, 친구와 같이 걷는 사람, 가족과 같이 걷는 사람, 중국에서 온 단체 관광객이 한 때 소란하게 스쳐 지나가는 순간이다. 오감을 깨운다. 고개를 들면 드넓은 하늘에서 노니는 구름이 글감을 준다고 말한다. 바다에선 자맥질하는 고기들까지 합세하여 그들의 언어와 첨벙이는 물소리로 합창을 한다. 도로 위에 달리는 아름다운 자태의 자동차들은 섬광같이 빠른 말을 하며 지나치는데, 이는 귀를 쫑긋 모으게 한다. 이 모든 것이 글쓰기 하면서 생긴 특별 상여금이다.

글쓰기 후의 달라진 좋은 일이 많지만, 어려운 면도 있다. 어떤 면이 어려웠을까? 글을 적는 행위는 자신과의 대화이다. 내게 정직해야 글이 잘 써지는 것은 인지상정일 것이다. 한 줄을 쓰기 위해 실천해야 하는 일이 생기기 시작하였다. 가장 어려운 것은 나와의 약속을 지키는 것이다. 누가 뭐라고 하지 않는데 스스로 점검하기 시작한 것이다. 기상하면서 나에게 말한다. '오늘도 잠자리를 박차고 일어났구나! 잘했다.' 스스

스몰 라이팅으로 시작합니다

로에게 칭찬을 하면 다른 사람에게서 들은 칭찬보나 에너지가 크게 느껴진다. 약속을 하는 것은 어렵지만, 지키고 난 후의 만족감은 마치 선물을 받은 순간처럼 기쁘다. 긍정의 단어들이 나와 만나고 싶어 줄지어 기다리는 장면이 그려진다. 내 인생의 주인이 되는 단어들을 적을 수 있는 것은 내가 그렇게 행위하고 있기 때문일 터다.

정신적, 경제적, 신체적 자유를 위해 시간을 보내는 지금 나에게는 글쓰기 계절이 반갑게 찾아왔다. 항상 시원한 바람이 불고, 하늘에는 다사로운 햇살이 비치는 날씨만 있는 것이 아니다. 비가 내리는 날에는 우산을 써야 하듯이 글쓰기 계절에 필요한 일들이 산재해 있다. 글을 쓰는 직업은 고달픈 삶의 여비 마련이 어려워 권하는 직업이 아니다. 밥을 굶기 딱 좋은 직업이다. 그런 글쓰기 열풍이 분 것은 왜일까? 힘들수록 즐거움이 숨겨져 있기 때문일 것이다. 나는 오늘도 글쓰기를 시작하고부터 품질이 향상된 산책을 하며 나의 오감 근육을 단련하였다. 하늘길이 바쁜 김해공항이 지척인 낙동강 하구를 걸으며 여객기의 굉음도 힘찬 악기 소리로 들었고, 비행기 안에서 착륙을 기다리며 부산 해운대 해수욕장의 멋진 백사장을 보며 파도 소리를 환호성으로 들었다. 긍정적인 오감의 문을 활짝 열어 놓은 것이다. 활짝 열린 오감의 문으로 들어오는 삶을 사랑하게 되었다.

2-2.
온전한 나를 찾는 비법

김도연

디지털 시대, 글쓰기는 생존 무기다. 글쓰기는 글 쓰는 방법보다 생각의 힘이 더 중요하다. 빅데이터 전문가 송길영 저서 《시대 예보》에 다음과 같은 내용이 있다. '핵개인이 뭘까요?' 핵개인은 온전한 주체적 의지로 살아가는 사람이다. 삶의 의사 결정권을 본인이 쥐고 있는 사람이다. 즉 '해야 한다'가 아니라 '내가 하고 싶기 때문에' 움직이는 사람이다. 핵개인이 되려면 전제가 필요하다. 자기가 원하는 것이 무엇인지 이해하고 있어야 한다. 온전한 주체적 의지로 살아가기 위해 좋은 비법이 있다. 그것은 '나만의 글쓰기'이다. 그렇다면 낯선 글쓰기를 통해 찾게 된 것은 무엇일까?

먼저, 내적 자신감을 얻게 된다. 애니메이션 〈쿵푸팬더〉는

스몰 라이팅으로 시작합니다

쿵푸 고수를 꿈꾸는 서투르지만 열정적인 팬더 포의 이야기이다. 포 아버지는 국수 비법을 알려주어 가업을 잇게 하고 싶지만 포는 '쿵푸 마스터'가 되고자 한다. 포 아버지는 빈 종이인 용의 문서를 보고 실망해 있는 포에게 국수 비법을 알려준다. "특별한 비법은 없고 그냥 특별하다고 생각하고 만들면 된다"라고 말한다. 포는 빈 종이인 용의 문서에서 자신이 비치는 것을 발견한다. 결국 비법은 특별한 비법이 있는 것이 아니라 자신이 가진 특별한 힘을 믿는 것이다. 이처럼 자신의 힘은 내면에 숨어있는 자신감을 발견하는 것이다.

이 영화를 보고 '과연 나라면 진정한 자아를 어떻게 찾아갈까?'라는 생각이 들었다. 낯선 세상에 대한 도전 즉 낯선 글쓰기를 통해 진정한 자신을 찾을 수 있었다. 낯선 경험 속에서 지혜는 내면을 단단하게 만든다. 힘든 상황에서도 충만하고 온전하다는 것을 알아차리며 생각 글쓰기 훈련을 하고 있다. 낯선 글쓰기를 통해 단단해지는 내면 힘을 믿게 되니 저절로 내적 자신감을 얻게 되는 것이다. 글쓰기는 종합선물세트처럼 내면 치유, 성장, 지혜, 영감을 동시에 맛볼 수 있게 된다.

다음으로, 강점을 찾게 된다. 나의 강점 중 하나는 솔선수범이다. 솔선수범은 '솔직하게 앞장서서 모범을 보이다'라는 뜻이다. 김주환 저자 《회복탄력성》에 다음과 같은 문장이 있다. "행복 수준을 높이고 낙관적인 태도를 갖기 위해서는 자신의 강점을 발견하고 끊임없이 발휘해야 한다."라고 한다. 강점 발견과 발휘는 행복 수준을 높이는 방법이 된다. 솔선수범하지 않고 눈치 보며 숨었을 때 고통과 후회가 따라왔다. 이런 경험 속에서 '그냥 하자'라는 솔선수범의 강점을 키우게 되었다.

'왜 거기에 들어갔을까?' 하는 웃지 못할 에피소드가 떠오른다. 대학교 1학년 무더운 여름날, 안방에 누워 뒹굴뒹굴하고 있었다. 갑자기 아버지 손님이 집으로 방문하셨다. 순간 인사할 수 없는 몰골이라 안방 농문을 열고 잽싸게 들어갔다. 농문에 걸려있는 넥타이를 잡아당겨서 겨우 농문을 잡고 있었다. 하필 앉은 곳에 다리미가 있어 엉덩이가 여간 불편한 게 아니었다. 몸을 비튼 채로 웅크려 꼼짝할 수 없었다. 농 안은 점점 더워지고, 땀이 비 오듯 줄줄 흘렸지만, 그곳을 나올 수 없었다. 손님은 농문 바로 앞에 앉아 있어 움직일 수조차 없었다. 혹여 농 삐걱거리는 소리가 날까 봐 조마조마했다. 한 시간가량 지났을까? 드디어 손님은 가셨다. 부랴부랴 농문을 열고 나와 방바닥에 벌러덩 누웠다. 얼굴은 대장간 인두처럼 뻘겋게 달아올랐고, 온몸은 땀범벅이었다. 엄마는 "왜 거기서 나오니?"라며 의아해하며 물었다. 순간 잘못된 선택으로 고통의 시간이 되었다. 이후 '이제 피하는 삶보다 부딪치는 삶을 선택한다'라고 다짐하였다. 문제 상황을 피하거나 도망가기보다 먼저 경험해 보는 것을 선택했다. 학교 및 직장에서 주어진 일은 그냥 최선을 다한다. 다른 사람에게 도움 되는 것이 마음이 더 편해지고 결국 나를 위한 길임을 깨달았다. 곧 솔선수범 인생 태도가 성공 밑거름이 된 것이다.

끝으로, 정체성을 찾게 된다. 글을 쓰며 찾게 된 정체성은 퍼스트 펭귄이다. 이는 선구자 또는 도전자를 뜻한다. 퍼스트 펭귄은 남극의 다른 펭귄들이 바다로 뛰어들기 두려워하는 상황에서 가장 먼저 행동하고 다른 펭귄들이 뒤따라 뛰어들 수 있도록 이끄는 역할을 하는 펭귄이다. 호주 남극 펭귄 섬인 필립 아일랜드를 여행한 적이 있다. 해가 지면 바다에서 야생 펭귄 떼가 쓰나미처럼 몰려와 해변을 따라 보금자리를 신기하게도 잘 찾아간다. 그중에는 퍼스트 펭귄이 있었고 펭귄 무리는 퍼스트 펭귄 뒤를 따라 개미 떼처럼 빠르게 이동하던 모습이 생각난다.

글쓰기 과정에서 퍼스트 펭귄 같은 나를 발견하였다. 항상 처음 시작하는 일을 담당했다. 대학병원 간호사로 근무하면서 매번 발령받은 곳은 신설하는 곳이었다. 신규 간호사 시절에 신설 병동 멤버였고, 분원 병원 개원추진단으로, 고객지원센터를 신설하였다. 병원 개원 시 시설, 전산, 간호업무 총괄을 담당했다. 병원 개원추진단 발령은 모두가 힘들다고 거절한 자리였다. 퍼스트 펭귄으로 아무것도 모른 채 뛰어들었지만, 시련을 통해 많이 성장했다. 타 병원 벤치마킹은 새롭게 뚫어야 하는 일로 도전 그 자체이다. 타 병원이 노하우를 쉽게 내어줄 리가 없기 때문이다. 고객지원센터 개소 후 단기간에 업무 개발과 매뉴얼, 실적과 성과 보고가 중요하기 때문에 새로운 매뉴얼과 실적 개발은 무에서 유를 창조하는 일이다. 퍼스트 펭귄은 도전과 열정 속에서 자신도 모르게 성장하였고, 번아웃도 소리 없이 찾아왔다.

그동안 녹록지 않았던 퍼스트 펭귄 삶에도 반짝반짝한 등불이 켜졌다. 에너지가 높은 선배(교학상장 의미)들이 모인 〈부산큰솔나비〉 독서 모임에 참여했다. 다양한 책을 읽고 글을 쓰면서 삶의 관점이 180도 바뀌었다. 자신을 있는 그대로 인정하고 받아들임으로써 고정관념의 틀을 깨고 한계를 극복해 갔다. 독서를 통해 진정하고 진실한 자아를 회복할 수 있었다. 그동안 경험과 시련은 끌어당김으로 성장시켜 주었음에 감사한 마음이 든다. 번아웃 등 시련인 줄 알았던 삶도 돌이켜 보면 내면 성장 과정이었음을 깨닫게 되었다. 글쓰기는 직관의 등대이다. 시그널을 알아차리고 불빛을 따라가면 목적지에 무사히 도착할 수 있다.

스몰 라이팅으로 시작합니다

2-3.
정말 그랬어요? 상상이 안 돼요

강지원

부부 롤모델. 잉꼬부부라는 이야기를 듣는다. 지난 시절 우리 부부 스토리를 이야기하면 대부분의 사람은 "정말 그랬어요? 상상이 안 돼요."라고 한다. 나 또한 지난 시절이 '꿈이었나?' 하는 착각이 들 정도다. 〈부산큰솔나비〉 독서 모임을 운영한 지 6년이 지났고, 부부 독서 모임도 2년 1개월이 되었다.

글 쓰고, 독서하면서 생겨난 삶의 변화가 많지만, 가장 보람을 느끼는 것이 아이의 변화다. '아이는 부모의 뒷모습을 보고 자란다.'라는 말을 실감한다. 작은 아이가 고3 때, 중퇴하겠다는 말을 자주 했다. 어렵게 졸업했다. 대학교에 겨우 입학했지만, 학점이 1.7이었다. F 학점이 있는 것을 보니 출석도 하지 않은 것 같았다. 자식에게 좋은 것을 주려고 돈 벌러 다닌 다는 명목하에 우리는 당당하게 술에 취한 모습만 아이에게 보였다. 자식을 위해 고생하는데 스스로 잘하지 못하는 아이가 원망스럽기도 했다. 다른 아이들은 군대 다녀오면 최소 일 주일은 바뀐다는데 우리 아이는 전혀 변함이 없었다.

아이는 술에 취한 모습이 익숙한 엄마 아빠가, 새벽에 일어나 글 쓰고, 독서하는 모습을 힐끗 쳐다보고 방으로 들어갔다. 마음으로는 아이가 독서하기를 바랐지만, 강요한다고 되는 것이 아니라는 것을 알았기에 아이의 행동을 바라볼 수밖에 없었다. 아들은 가끔 책꽂이에 와서 책을 보다가 들어가기도 했다. 1년 6개월이 지났을 때쯤 아이가 물었다. "엄마. 서점에 가서 내가 읽고 싶은 책 직접 사서 읽어도 돼요?" 기뻤다. 당연히 된다고 했고, 아들은 《아주 작은 습관의 힘》을 사왔다. 시키지도 않았는데 책 읽고 소감을 이야기했다. 아들이 조금씩 변화하기 시작했다. 블로그 쓰고, 운동하고, 취직에 필요한 자격증 공부도 하고…. 8개월 만에 토익 950점에 무역영어. 국제물류, 일본어, 컴퓨터활용능력 1급 등 자격증을 하나씩 취득하기 시작했다. 헬스장 이용료를 아낀다며 철봉을 사서 방문틀 양쪽 측면에 고정하여 매일 턱걸이 운동을 했다. 3년이 지난 지금도 실천하고 있다.

　　　　　　　　　　스몰 라이팅으로 시작합니다

남편과 성격이 잘 맞는 편이 아니라 부부 싸움노 자주 했다. 조금씩 서로에게 맞추려고 노력하니 지금은 다투는 일은 줄었다. 싸우지 않는다고 좋은 것은 아니다. 사랑의 반대말은 무관심이다. 관심이 없으면 다툴 일도 없다. 사랑하기에 관심이 있고 더 잘 되고 웃는 일이 많았으면 하기에 잔소리도 자주 한다. 잔소리란 '맞는 말인데 듣기 싫게 하는 소리'라고 한다. 내 목소리가 잔소리로 들리지 않게 하기는 어렵다. 그래도 어제보다는 오늘 조금 더 적게 하려고 노력한다.

글을 쓰려면 독서가 필수다. 처음 독서할 때 한 권 읽는 데 오래 걸렸다. 200페이지 읽는 데도 일주일 이상 걸렸다. 지금은 하루만 집중하면 읽는다. 빨리 읽는 독서법이 있다고 하지만, 많이 읽으면 빨리 읽게 된다. 개인적으로 빨리 읽는 독서보다 제대로 읽는 독서를 선호한다. 독서하는 이유는 실천하기 위해서다. 실천하지 않는 독서는 읽지 않는 것과 같다. 책을 읽고 하나라도 실천한다면 한 줄만 읽어도 한 권을 읽은 것이나 마찬가지다.

30년 이상 다녔던 공무원을 명예퇴직하고 2022년 8월 창업했다. 글쓰기와 독서를 만나지 않았다면 창업은 꿈도 꾸지 못했을 것이다. 우물 안 개구리처럼 살았던 지난 시절과 다르다. 새로운 일을 경험해 보는 일이 많다. 이제 막 걸어 다니는 아이처럼 새롭고 신기하다. 어릴 때 소풍이나 명절 때 잠이 오지 않았듯, 어렵고 두렵기도 하지만, 기대되고 설레는 경우가 많다. 나이와 상관없이 새로운 것을 배우고 시도해 본다. 50년 이상 살아오면서 경험해 보지 못한 것을 보상이라도 하듯이.

좋은 습관을 만들려면 환경이 중요하다. 주위에 어떤 사람이 있느냐에 따라 내 삶이 달라진다. 독서 모임에 참여하면서 인생이 바뀌었다는 사람이 많다. 그 말을 들을 때마다 행복을 느낀다. 누군가의 삶을 변화할 수 있도록 도와주고 힘이 되어 줄 때가 행복하다.

남편은 '책 쓰기' 강의를 하고 있다. 6년이 넘는 끈끈한 정으로 인해 이미 글쓰기 기본이 되어 있는 회원도 남편 강의를 듣는다. 남편은 더 열심히 준비한다. 일주일 한 번 강의를 위해 7일 동안 거의 잠도 잘 자지 않고 연습한다. 이제 시작한 지 얼마 되지 않았다. 5년, 10년 후에는 책 쓰기 강의를 시작하려는 사람에게 없어서는 안 될 책 쓰기 강사가 되어 있을 것이라 믿는다. 남편은 책 쓰기 강의를 재미있어한다. 좋아하는 일을 하면서 행복해하는 남편을 바라보는 순간이 좋다.

KBS 대구 아침마당에 출연한 적 있다. 경상도 최수종·하희라 부부로 소개했다. 글쓰기, 독시를 만나기 선에 주위에 쇼원도 부부로 사는 부부가 많았고, 남남처럼 사는 것이 당연한 줄 알았다. 지금은 사이가 좋은 부부가 더 많이 보인다. '부부 독서 모임(월 1회 마지막 주 토요일)'을 하면서도 많이 배운다. 내가 어떤 생각을 가지고 어떤 일을 하느냐에 따라 만나는 사람이 달라진다. 좋은 사람을 만나고 싶으면 준비해야 할 것이 하나 있다. 내가 먼저 좋은 사람이 되는 것이다.

"아주 오랫동안 글을 쓰면, 자기 자신에 대해서 깊이 알게 되고, 무엇이 부족한지도 알기 때문에 자신에게 필요한 것들을 배울 안목과 의지도 가질 수 있게 된다." 김종원의 《글은 어떻게 삶이 되는가》에 나오는 글이다. 글을 쓰면서 일상에 좋지 않은 부분을 고치게 되고 부족한 부분을 알게 된다. 끊임없이 배우게 되는 이유도 글쓰기를 하면서다. 다른 사람과 비교하고 무작정 따라가려던 예전의 내가 아니다. 내 모습 그대로 사랑하며 오늘도 글을 쓰면서 조금 더 성장하고 있다.

2-4.
하루 택배 주문법

권은주

　　'생각이 머릿속을 가득 채운다. 이렇게 할까? 저렇게 할까? 이건 이래서 안 되겠지? 저건 저래서 안 되겠지? 이렇게 말하면 나를 이렇게 탓하고 저렇게 말하면 나를 저렇게 탓할 거야.'

　잠시도 멈추지 않는 부정적인 생각이 하루하루를 옥죄어 온다. 이런 방어적 생각이 앞으로 일어날 위험을 예측하고 나를 보호해 줄 것으로 생각했다. 실제로 그런 부분이 있었기에 부정적 알고리즘은 더욱 강화되었다. 자! 어떻게 하면 이 부정적이고 방어적인 알고리즘을 깨고 선순환으로 돌릴 수 있을까? 방법은 있는 것일까? 방법이 있다면 그 방법을 믿고 따를 것인가? 복권에 당첨되려면 복권부터 사라고 하는 말이 있다. 우리는 과연 무엇을 놓치고 있는 것일까?

나보다 매사에 신중하고 안되는 이유가 많은 남편은 잔소리 대마왕이다. 24년간 병원 일로 단 한번도 바쁘지 않았던 적이 없는 아내의 빈자리까지 도맡아 가며 가정을 지키는 일이 어디 쉬웠을까? 하지만 이런 남편의 심정을 아는지 모르는지 나는 시간만 나면 정토회다, 독서 모임을 쫓아다녔다. 삶이 고되고 힘들어도 사는 이유를 찾고 싶어서였다. 인간이 더 인간답게 사는 법! 그것에 늘 목말라했다. 법문을 들어도, 좋은 양서를 읽어도 삶이 순식간에 변화하지는 않았다. 오죽하면 "책은 왜 읽는데?"라는 말을 들었고 "이거라도 안 읽으면 어떻게 되겠냐?"라며 자신을 위로하는 처지가 되었다. 어느 날, 정인구 작가의 말씀이 계속 뇌리에서 떠나지 않았다. '글쓰기가 독서의 최종 종착역이다'라는 것이다. '이렇게 바쁘게 사는 데 글쓰기까지 하라고?' 저항하는 마음이 올라왔다. 아무리 좋은 것을 머릿속에 집어넣어도 무의식적으로 튕겨내니 내 삶이 변화하지 않는 것은 당연한 이치 아닌가? 안타까운 것은 이 사실을 깨달아야 한다는 사실조차 알지 못했다는 것이다. 저항하는 마음을 없애지 않으면 변화할 수 없는 것이다. 나는 아무것도 하지 않고 변화하기를 바라는 정신병 초기 증상이었다. 그러면 이런 저항하는 마음은 어떻게 제거할 수 있느냐? 이것이 관건이다. 사실 아직도 그 이치를 깨닫지 못했다. 단지, 글쓰기를 하면 내 인생이 변하고 주변 사람들이 변할 수 있다는 경험만 했을 뿐.

글쓰기를 통해 본 것, 들은 것, 느낀 것을 적다 보면 주관적인 생각도 객관적으로 바라볼 수 있게 된다. 내가 슬픈 이유, 감동했던 이유, 그렇게 공감했던 이유를 다시 곱씹어 볼 수 있는 시간인 것이다. "그것이 사실입니까?"라는 좀 더 본질적인 질문에 접근하다 보면 대부분 있는 그대로를 보지 못해 일어난 것이다. '아! 이런 것들을 깨우쳐 주려고 일어난 일이었을까?' 그렇게 신의 의중을 고민해 보게 되었다. 그리고 매일 배달되었지만 뜯어보지도 않고 처박아 놓은 '하루'라는 택배 박스에 눈이 가게 되었다. '하루' 택배 박스에는 딱 하루를 보낼 만큼의 소중한 것들이 담겨 있었다. 긍정 에너지 음료 한 팩, 달콤한 웃음으로 만든 초코바 한 개, 천사의 눈물로 만들어진 감동 오일, 나누면 나눌수록 더 커지는 행복 미소 마스크 팩이었다. 택배는 매일 아침 새벽에 배달되었다. 이것은 누구나 다 아는 사실이지만, 정작 중요한 것을 놓치고 있었다. '하루' 주문자가 '나'임을…. 누구에게나 매일 똑같이 배달되는 '하루' 택배 상자인 줄만 알았는데…. 와! 한 번씩 배달 사고 나서 들어오는 불안 에너지 음료 한 병, 고약한 말을 내뱉게 되는 초코바, 분노와 슬픔의 오일, 쓰면 쓸수록 주름지는 마스크 팩은 그 누구도 아닌 내가 주문한 택배였던 것이다. 이것이 도대체 내가 주문한 것들이라니! 믿어지지 않았다. 하지만 사실이었다. 글을 쓰다 보니 알게 되었다. 원하는 것을 적으면 그것이 도착한다는 것을….

스몰 라이팅으로 시작합니다

"공저 저자로 참여해 보겠느냐고?" 정인구 작가의 카카오톡에 바로 답했다면 "저는 아직 실력이 안 됩니다. 부담스러워요"라고 단박에 거절했을 것이다. 하지만 공저 제안에 대해 고민하던 나는 글을 썼다. 그리고 그 글의 결과에 깜짝 놀랐다. '마법의 정수기에 글센티브를 넣었더니 공저라는 미래가 펼쳐졌다.'라고 적은 것이었다. 그렇게 공저에 참여하겠다고 글로 회신했다. 나의 미래가 바뀌는 순간이었다. 원래부터 하고 있던 취미 생활에 글쓰기까지 더해진 나는 살인적인 스케줄을 소화하며 행복한 비명을 지르고 있다. 친구들은 "작가가 글을 쓰려면 다양한 경험이 필요하다"며 더 많은 것을 해봐야 한다고 격려해 주곤 했다. 그러고 보니 힘들면 힘들수록 정리하고 빼야 하는 스케줄이건만, 하나하나를 소화하다 보면 소재가 늘어나 글쓰기 내용은 더 풍요로워졌고 삶은 더 흥미진진해진다.

변화를 가장 확실하게 알 방법은 주변 사람들이 함께 변화하는가를 보면 알 수 있다. 부처님도 가족의 교화가 가장 힘들다고 하지 않았던가? 나의 변화는 남편을 보면 느낄 수 있다. 남편도 300여 일 가까이 졸면서도 하루도 빠지지 않고 글을 쓰는 나를 보며 필명을 지어주겠다고 했다. 난휘(蘭徽), '난초 난에 아름다울 휘'였다. 장난기 많은 남편이 그냥 넘어갈 리 없다. 난휘(亂揮) 어지럽게 휘갈긴다. 이런 속뜻이 있단다. 옛날

같으면 "네가 무슨 글을 쓰나? 때려치워라."라고 몇 번을 말해도 부족함이 없었을 텐데. "네가 쓴 책이 30만 부가 넘으면 인정해줄게."라고 한다. 어이가 없어 피식 웃어 보인다. 글쓰는 아내를 인정해 주는 것이다. 아직도 나와 남편은 다른 것이 하나 있다. 남편은 늘 해오던 대로 나에게 성대한 목표를 제시했지만 나는 달라졌다. 삶에 작은 목표 하나, 그것에 충실한 삶으로 바뀐 것이다. 책을 팔기 위해 글을 쓰는 것이 아니라 글을 써서 내 인생을 저축하고 있는 것이다.

매일 아름다운 '하루' 택배를 받기 위해 정성껏 글쓰기로 주문을 넣어라! 제대로 적어야 제대로 된 택배가 도착한다. 적어라! 뜻한 대로 이루어지리라! 그렇게 되리라!

2-5.
정말 아는 것과 알고 있다는 착각

——————————— 신민석 ———————————

        지난주에 있었던 일이다. 한 달 전 새로 오신 이사님께서 식사 도중에 나에게 전산에 등록된 재고 보는 법을 알려줄 수 있냐고 말씀하셨다. 내가 근무하고 있는 식자재 유통 회사는 창고에 보유 중인 제품들의 수와 유통기한(요즘엔 소비기한으로 변경) 파악이 매우 중요한 업무 중 하나이다. 입사한 후 구매팀 공석으로 그 업무를 몇 개월 담당했기 때문에 알려 드리겠다고 말씀드렸다. 그렇게 점심시간 후 이사님과 함께 전산 시스템 접속, 재고 파악하는 방법 등을 알려 드리려고 하는 순간 머릿속이 새하얘졌다. 전산은 분명 그대로인데 어떻게 재고 전산을 확인하고 수정하는지 하나도 기억나지 않았기 때문이다. 그래서 나는 말을 버벅거리며 '어 어떻게 했었지? 이게 아닌 거 같은데…'라는 말만 반복할 뿐 결국 실제 그 업무를 하는 직원분께 여쭤봐야 할 거 같다고 말씀드렸다. 정말 창피하고 민망한 순간이었다. 꽤 오랜 시간 그 업무를 했던 나인데 어떻게 그렇게 한순간 모든 게 생각이 안 날 수가 있을까? 나 자신이 원망스러웠다. 그리고 그때 다시 생각하게 되었다. 반드시 내가 했던 업무를 다른 어떤 누가 읽어보더라도 바로 이해할 수 있고 시작할 수 있도록 만들겠다고 결심했다.

사실 우리는 종종 이런 경험들을 자주 하곤 한다. 그렇게 많이 들었던 노래인데 갑자기 소리 없이 불러 보려고 하면 가사가 하나도 기억나지 않을 때가 있고, 학창 시절 수업 들을 때는 고개를 끄덕이면서 이해했던 내용도, 막상 수업 끝나고 책을 덮으면 배운 내용을 빈 종이 위에 적으려고 하면 하나도 적지 못했던 경험이 있다. 그 이유는 수업을 들을 때 이해가 되었던 것이 아니라 실제로 이해했다고 착각했기 때문이다. 실제로 아는 것과 안다고 착각하는 것을 명확히 구분해야 한다.

3년 전 무더운 여름철 나는 인간관계를 개선하고 더 잘해보고 싶은 마음의 데일 카네기 수업을 들었다. 하루는 함께 수업을 듣는 대표님께서 나에게 이런 질문을 하였다. "민석 씨는 지금 구매를 하고 있으니까 잘 알 거 같은데, 혹시 수박

스몰 라이팅으로 시작합니다

을 살 때 어떤 걸 확인 해야 당도 높은 좋은 수박을 살 수 있나요?" 그때 당시 나는 부산과 서울도매시장을 오가며 야채, 과일을 직접 구매했던 시절이었는데 그 질문 하나에 참 많은 생각을 하게 되었다. 수박에도 암수박 숫수박이 있고 그걸 구별하는 법과 어떠한 무늬를 가지고 있는 수박이 당도가 높은지 어렴풋이 알고는 있었지만, 그 자리에서 설명할 수는 없었다. 그 이유는 바로 내가 그것에 대해 정확히 몰랐기 때문이다. 그 사건 이후 나 스스로 이런 생각을 하게 되었다. '내가 그 일을 오래 한다고 해서 그 분야의 전문가가 되는 것은 절대 아니구나'라고 말이다. 지금 내가 일하고 있는 분야에 대한 관련 책을 찾아 시장에 대해서 정확히 파악하고 궁금한 내용을 지속해서 공부하고 정리해 두어야겠다고 말이다. 특히 그렇게 현업에서 경험하고 공부한 내용을 아웃풋(글쓰기)으로 내 단어와 내 문장으로 정리해야 되겠다고 마음을 먹었다. 그것도 그냥 단순히 업무 인수인계할 때 줄 수 있는 업무 내용 정리가 아닌 한 권의 책으로 만들어서 줄 정도로 말이다. 요즘은 업무를 끝내고 퇴근하기 전 꼭 마지막으로 하는 게 바로 오늘 내가 있었던 일들을 기록해 놓는 것이다. 그것도 한두 줄 단순히 기록만 해 놓는 게 아니라 그때 중요한 말이 오갔으면 그 말을 최대한 기억나는 대로 명확히 기록해 놓을 뿐 아니라 함께 이야기했던 상대방의 이름, 날짜, 장소 등 디테일한 부분까지 적는다. 또한 가장 중요한 내 느낌이나 앞으로 이 일에 대해 내가 어떤 식으로 진행할 것인지에 대한 계획도 함께 기록해 놓는 것이다. 이러한 노력 들은 나중에 내가 관리하고 있는 업장에서 법적으로 문제가 되는 부분이 있을 때 내용증명과 공문을 보내는 데 아주 중요한 역할을 했다.

사람들이 흔히 하는 실수 중 하나는 바로 자기가 실제로 아는 것과 모르지만 안다고 착각하는 것을 구분하지 못하는 것이다. 하지만 글쓰기를 한 이후로는 내 단어 내 문장으로 직접 정리해 두다 보니 명확히 구분할 수 있게 되었을 뿐만 아니라 어떤 사건이나 내용에 대한 내 개인적인 생각과 느낌은 물론 앞으로의 진행 과정까지도 함께 그릴 수 있게 되었다.

알고 있다는 착각에서 벗어나는 길은 나 자신을 잘 이해하는 것뿐만이 아니라, 타인을 이해하고 상황에 맞게 적절히 대처하는 지혜가 필요하다. 먼저 겪은 사건과 인간관계에 대한 경험을 글로 기록해 보자. 오늘 있었던 사건과 만난 사람 중에서 핵심적인 경험을 떠올려 그 상황과 느낌을 정리해 보는 것이다. 그리고 더 나은 대처 방법이 있는지 고민해 보는 것도 중요하다. 두 번째로, 외부 사람 관계에 대한 관리도 필요하다. 상대방이 나와의 인연을 가치 있게 여기는지, 상대방의 만남 의도를 파악하고, 다음 만남에서 어떤 주제를 다뤄야 하는지 사전에 계획을 세워본다. 미팅이나 대화에서 어떤 질문

스몰 라이팅으로 시작합니다

을 통해 상대방과 더 깊은 소통을 할 수 있는지 생각해 본다. 마지막으로, 직장 동료와의 관계도 중요하다. 동료의 장점을 명확하게 파악하고, 그 장점을 강조하며 격려함으로써 상호 간의 협력을 증진할 수 있다. 함께 일하는 동료 간에 효과적인 소통과 협력을 끌어낼 수 있다. 다른 사람에 비해 꼼꼼히 기록하는 것을 좋아하는 편이다. 하지만 하루를 글로 적어보는 기회를 가진 것은 처음이다. 이번 기회를 통해 지속해서 나를 알아가는 시간을 갖고 싶다.

2-6.
변화의 시작, 라이팅셀러로 만나다

이소윤

"사람들은 시간이 상황을 변화시켜 준다고 하지만, 실제로는 자기 자신이 상황을 변화시켜야만 한다"라고 앤디 워홀이 말했다. 곰곰이 생각해 보면 끊임없이 성장하고 변화하고 싶었지만, 시간이 지나면 해결될 것이라고 막연히 생각했다. 성장하기 위한 목적과 목표를 세우지 못했고 계획적으로 실행에 옮기지도 못했다. 오랜 직장 생활이 인생의 전부인 것처럼 살아왔고 극심한 스트레스는 몸과 마음을 병들게 했다. 스트레스를 긍정적으로 해결할 방법을 몰랐다. 직장 선배님과 동료들이 조언과 충고도 해주었지만 가장 큰 문제점은 근본적인 스트레스의 원인을 규명하지 못했다는 것이다. '글쓰기 습관 만들기 프로젝트' 참여하면서 해결의 시발점을 찾기 시작했다. 글쓰기를 하기 전에는 막연한 불안감과 두

스몰 라이팅으로 시작합니다

려움으로 아무에게도 말하지 못하고 혼자인 것처럼 살아왔다. 하지만 매일 같이 글쓰기를 시작하면서 스스로를 드러내며 서서히 달라지기 시작했다. 글쓰기는 긍정적으로 스트레스를 해결할 방법을 제시해 주었다.

첫째, 생각을 정리할 수 있게 되었다. 글을 쓰다 보니 하루를 있는 그대로 관찰하기 시작했다. 이른 아침의 루틴 일정을 시작으로 퇴근해서 잠들기 직전까지 많은 이야기를 쓰기 시작하면서 생활 패턴을 파악하게 되었다. 매 순간 느꼈던 솔직한 감정과 느낌을 적었다. 특히, 타인에게서 듣기 힘든 말을 들었을 때 조금 더 자세히 되짚어 적었다. 글을 쓰다 보니 상대방의 욕구가 무엇인지 고민하면서 복잡했던 생각을 정리할 수 있게 되었다. 예를 들면 타 부서에서 전화로 "선생님, 환자한테 설명 좀 제대로 하고 보내세요. 협조가 전혀 안 되잖아요?"라고 나에게 퉁명스럽게 쏘아붙인다. 예전 같았으면 "우리는 충분히 설명했어요. 협조 안되는 것까지 제가 어떻게 합니까?"라고 똑같이 쏘아붙이며 으르렁거렸을 것이다. 지금은 다른 부서 직원의 감정에 공감하려고 노력하면서 "환자가 협조가 되지 않아 힘들었군요. 우리는 매뉴얼에 따라 충분히 설명하고 있지만 조금 더 챙겨볼게요. 오늘 정말 힘드셨겠어요."라고 말할 수 있게 되었다. 글쓰기를 하면서 복잡한 생각을 정리하고 표현할 수 있는 능력이 향상되었다.

둘째, 다른 사람과 소통할 수 있게 되었다. 어린 시절부터 대화가 없는 집안 환경과 20년간의 수술실 간호사 생활을 통해 날카롭고 간단명료한 단답형의 의사소통에 길들여져 있었다. 다른 사람과 이야기할 때 주제에 벗어난 이야기를 하거나 과도한 표현을 써서 이야기의 흐름을 끊어 놓는 실수를 하기도 했다. 말실수를 줄이려고 하니 평소 듣는 것에 익숙하고 솔직한 감정표현이 어려워졌다. 가끔은 기억조차 하지 못하는 사소한 말에 마음의 상처를 받아 힘들었던 적이 있었다. '글쓰기 습관 만들기 프로젝트'나 '아주 특별한 아침(미라클 모닝)', '아특아' 모임을 통해 다른 사람의 글을 보면서 다양한 사람의 감정에 공감하고 "나도 글을 쓸 수 있겠구나."라고 생각하며 자신감이 생겼다. 매일 나의 감정과 경험, 생각들을 솔직하게 글로 표현하며 글쓰기를 시작했다. 글쓰기로 공유했던 것은 조금씩 말로 자연스러운 표현이 가능해졌다. 날카롭고 각진 표현들은 동글동글한 부드러운 표현으로 바뀌었다. 상대방의 말에 공감하고 감정을 솔직하게 표현하니 소통이 자연스러워졌다.

셋째, 창의성이 향상되었다. 오랜 직장 생활로 업무지침에 따라 행동하는 것에 익숙해지면서 생각할 필요가 없게 되었다. 점점 머리가 딱딱하게 굳어가는 느낌이었다. 새로운 변화가 필요했다. 또 다른 변화의 시작은 '아특아' 모임이었다. 매일 같이 감사일기와 필사를 시작했다. 처음은 3줄의 감사일기 쓰기도 힘들었지만, 지금은 10줄 정도는 쉽게 쓴다. 감사일기는 하루를 기록하는 글쓰기로 바뀌었다. 특히, 저자 앤서니 로빈스가 쓴 《네 안에 잠든 거인을 깨워라》는 삶의 질을 영구적으로 높이는 자기계발서를 알게 되었다. 책을 필사한 것은 글쓰기 습관 만들기의 결정적인 역할을 했다. 한 장씩 읽으며 핵심 내용과 단어를 노트에 기록하고 글을 읽고 느낀 감정과 생각을 각양각색 색연필로 채색하며 표현했다. 700페이지를 필사하고 느끼는 감정은 책 한 권 쓰기를 완료한 사람처럼 특별했다. 뿌듯함으로 어깨가 으쓱해졌다. 이른 아침, 필사와 감사일기는 오롯이 나에게 집중할 수 있는 시간이었다. 점점 더 글을 쓰기 위한 글감을 찾기 시작하게 되었다. 매일 같이 똑같았던 일상들이 매일 같이 특별한 하루로 바뀌게 되었다. 글쓰기의 다양한 글감 아이디어를 얻기 위해 새로운 시각으로 시간, 장소, 사물을 바라보게 되었다. 떠오른 생각들을 바로 메모장에 적어놓기도 하면서 구체화한 글쓰기는 창의력 향상에 도움이 되었다.

이처럼 글쓰기로 복잡한 생각을 정리하며 문제해결능력을 향상하고 다양한 감정의 표현으로 공감 능력이 향상되어 의사소통이 원활해졌다. 또한 새로운 시각은 창의력을 키워주었다. '글쓰기 습관 만들기 프로젝트' 시작으로 감사일기, 이찬영 저자가 쓴《거인의 어깨》를 필사했다. 이 책은 주제 글을 읽고, 관련 명언을 필사하고, 글 내용과 관련된 생각을 쓰도록 책이 구성되어 있다. '아특아' 참여는 매일 같이 글을 쓰는 습관을 만드는데 결정적인 역할을 했다. 그리고 지금은 공저에 참여하게 되었다. 책 쓰기 수업을 꾸준히 들으며 노력을 해 보지만 어디 한순간에 되겠는가? "아무리 재주를 타고난 사람이라도 글쓰는 법은 하루아침에 익힐 수 없다"라고 루소는 말했다. 하루아침에 절대로 책이 나올 수 없다. 하지만 엉덩이를 붙이고 앉아 매일 같이 그냥 쓰기 시작하면서 완성된 책을 꿈꾸어 본다. 제1기 공저를 시작으로 어느 날 나는 베스트셀러 작가가 되어 있을 것이다. 왜냐하면 변화를 두려워하지 않는 '라이팅 셀러' 즉 베스트셀러 작가가 될 테니까.

스몰 라이팅으로 시작합니다

2-7.
My way, 나는 나답게 살고 싶다

이하루

'굿모닝, 새벽 글쓰기'는 온전히 나를 집중하게 한다. 고요한 새벽, 마음이 복잡할 때 글쓰기를 한다. 꼭 새벽이 아니더라도 여행이나 일상 중에도 수시로 기록했다. 다만 고요한 새벽 '나를 알아가는 시간', 혼자만의 시간이 더 좋았다. 나를 이끄는 힘을 무엇인지, 어떤 일을 할 때 보람을 느끼는지 세심히 온전히 내 마음에 귀기울였다.

신규 간호사 때 중환자실에 배치되었다. 중환자실은 의식이 없거나 의사소통이 불가한 환자가 대부분이었다. 고요한 정적 속에서 인공호흡기와 모니터 알람 소리에 모두가 숨을 죽인 채 집중한다. 미세한 소리에도 환자의 문제가 생겼는지 빨리 감지하기 위해 모두가 근무 중엔 항상 긴장하고 날이 서

있는 부서이다. 언제 어디서 응급상황이 터질지 모르기 때문이다. 신규 간호사인 나에게 첫 번째 문제는 눈물이 너무 많다는 점이다. 추운 겨울이라 눈물이 흐르기 시작하면, 눈물, 콧물, 마스크가 뒤범벅되곤 했었다. 그래서 출근할 때마다 '절대 울지 않아야지.' 마음을 강하게 먹고 자기암시를 하면서 출근했다. 그렇게 온 마음과 감정을 억누르는 게 훈련이 되면서 어느새 습관이 되어 버렸다.

10년에 가까운 병원생활을 하다 퇴사하고 나니, 희노애락(喜怒哀樂)의 감정을 느끼고 표현하는 게 어색했다. 게다가 마음이 많이 무너진 채로 그만둬서 그런지 생각보다 상태는 심각했다. 결국 다시 나를 되찾고 살기 위해서 글을 쓰게 되었다. 사실 〈마음담론(심리학 책을 읽으며 학인들의 마음을 나누는 모임)〉에서 코치님이 글쓰기의 힘을 알려주셔서 글쓰기에 도전하게 되었다. 그렇게 나를 돌보는 치유의 글쓰기를 하면서 3개월 정도 지나니, 신기하게도 나의 감정을 알아가고 마음이 차분해졌다. '나의 현재 상태, 감정, 생각'에 온전히 집중하면서 스스로를 알아가는 시간을 보냈다. 처음엔 부정하고 싶었지만, 마음이 아픈 상태를 있는 그대로 받아들이고 인정했다. 그제서야 내 인생이 다시 시작되었다.

스몰 라이팅으로 시작합니다

My way, 인생 스케치
'나의 인생 지도를 유서(遺書)부터 거꾸로 다시 써 내려가다'

마음의 밑바닥을 경험하고 나니 세상을 보는 눈이 달라졌다. 그동안 얼마나 부질없는 근심, 걱정이 많았던가? 우선 현재의 고민과 문제를 계속 써 내려가며 현재에 집중하려 노력했다. 그리고 인생 전체를 그려보다가 종이를 거꾸로 뒤집어보았다. '인생의 끝(죽음)에서 현재로 내려와 보자!' 하면서 내 삶의 끝에서부터 다시 생각해 보았다. 유서를 뭐라고 남기면 좋을까? 남은 유한한 삶의 시간을 어떻게 보내야 후회가 없을까? 지금까지 내가 원했던 게 정말 내가 원했던 게 맞을까? 다시 마음속은 복잡해졌다.

미셸 드 몽테뉴는 죽음을 이렇게 이야기했다.

"죽음을 미리 생각해 보는 것은 자유를 미리 생각해 보는 것이다. 죽는 법을 배운 사람은 노예가 되는 법을 지운 셈이다. 어떻게 죽을지 알고 나면 모든 종속과 제약에서 벗어날 수 있다."

차분히 마음을 가다듬고 매일 반복된 고민의 시간을 보내보았다. '과거-현재-미래' 온전히 내 삶의 방향을 고민하는 시간이었다. 마음을 들여다보면서 처음 든 생각은 퇴사하게 되어 정말 감사했다는 생각이었다. 몸과 마음의 건강이 무너졌던 것도 있지만, 그때라도 멈추지 않았다면 어떻게 됐을까? 정말 상상하고 싶지도 않다. 아마 병원에 길들여져 복종하는 앵무새나 다름없었을 것이다. 병원이 세상의 전부인 줄 알고 '점' 같은 곳에 생각이 갇혀 바보가 되었을 것이다. 상상만 해도 소름 끼친다.

처음엔 서툴고 어색했지만 나의 생각, 감정, 목표에 집중하며 '마음의 소리'를 따라 인생 지도를 차곡차곡 그려 보았다. 어차피 정답은 없다. 다만 방황하더라도 조심해서 방향을 다시 바로 잡도록 하는 데 도움이 되었다. 처음에는 엉성하지만, 점차 자신만의 인생 지도가 구체화하여, 그 다음 계획을 짜고 방향을 잡을 때 큰 도움이 된다. 이번 기회를 통해서 다시 '진정한 인생의 주인'으로 돌아갈 수 있었다.

책을 100권씩 다독하고, 책을 몇 권씩 쓴 사람들을 종종 본다. 실제로 읽고 쓴 글을 본인 삶에 체화한 내용을 뽑아내면 과연 몇 페이지나 될까? 물론 본인의 경험담을 써 내려간 경우는 다르지만, 지금까지 다양한 사람들을 지켜보면서 독서량과 책이 본인의 삶과 실제로 연결되지 않는 경우도 많이 보았다. 글쓰기는 모든 일의 중요한 기본이 된다. 하지만 글쓰

스몰 라이팅으로 시작합니다

기는 '성장의 끝'이 아니라 '중요한 중간 단계'임을 명심하자. 혹시나 SNS로 보여주기식 글을 쓰게 되진 않는지, 더 신경 써야겠다. 그런 의미에서 〈부산큰솔나비〉 독서 모임 사명을 다시 마음에 새겨 보자. '책과 함께하는 목적 있는 독서를 통해 나로부터 비롯되는 변화로 건강한 가정을 세우고, 이웃에게 배움을 나누는 리더들의 모임'

그렇다면 보여주기식 예쁜 글쓰기에서 벗어나려면 어떻게 하면 될까? 결국 '다시, 함께의 힘'이다. 공통된 관심사, 즉 실행하기 어려운 친구들을 만나서 아웃풋 챌린지를 하면 된다. 프로수강러(강의 중독자)인 나는 강의를 정말 많이 들었다. 물론 핑계이지만 실행하고 체화하는 게 너무 힘들었다. 실행하면 작심삼일 하다가 또 새로운 강의를 들으면서 흐지부지되곤 했다. 인풋은 많았지만 체계적인 아웃풋 관리를 하지 못해 스스로 자괴감에 빠지는 악순환을 겪었다. 그래서 최근에는 아웃풋 챌린지에 참여하고 있다. 이왕이면 롤모델 리더가 이끌면 더 좋고 어느 정도 열정 레벨이 비슷한 사람이랑 함께해야 효과가 있다. 다들 직장, 가정, 육아하면서 자신에 대한 성장을 꿈꾸는 멋진 사람들이었다.

역시 '함께의 힘'은 기적을 만든다. 나는 프로수강러가 아닌 프로실행러가 되기로 마음먹었다.

2-8.
글쓰기 다이어트 시작한다

ーーーーーー 이현정 ーーーーーー

다이어트를 위해 음식을 조절하거나 운동을 한다. 직장 다닌다는 이유로, 바쁘다는 핑계로 운동을 소홀히 했다. 지금은 조금씩 식단관리와 운동으로 다이어트를 하고 있다. 운동에도 트레이너가 필요하듯, 글쓰기에도 전문가가 필요하다. '독서 모임'에 참여하면서 우연히 글쓰기 전문가에게 수업을 듣게 되었다. 새벽 5시 기상! 화, 수, 목, 금. 주 4회, 6시간 30분 글쓰기 코치를 받고 있다. 글쓰기 수업 중 블로그도 배웠다. 블로그에 매일 포스팅하고 있다. 이런 나만의 루틴을 '글쓰기 다이어트'라 부르기로 했다.

보고서를 쓰다 보면 반복되는 단어 중복사용, 모호한 단어 선택, 중의적 의미 문장 등으로 전달하고자 하는 메시지를 잊어버리고 산으로 갈 때가 많다. 기획 및 아이디어가 좋다고 해도 깔끔히 요약된 보고서가 되지 않는다면 상급자 눈에 정확하게 들어오지 않는다.

글을 잘 적는다는 것은 직장 업무에서 탁월한 역량을 발휘할 수 있는 나만의 매력적 무기이다. 말과 글은 요약과 구체화 과정이 필요하다. 독자를 위한 최고의 서비스를 제공해야 한다. 요약과 구체화를 통해 쓸데없는 조사 없애기, 중복·반복되는 단어 사용 금지, 전체 내용 중 통일감 없는 문장 삭제하기, 독자가 읽기 힘들고 어려운 단어 사용을 금지해야 한다. 무거운 몸에서 쓸데없는 지방을 빼야 건강한 몸이 만들어지듯이 글쓰기에서 쓸데없는 글들을 없애버리면 명품 몸매에 버금가는 명품 글이 만들어진다. 아까워하지 말자. 정도와 기준을 넘는 선 밖의 글과 몸은 생각하지 말자. 이 말도 좋고, 저 말도 좋은 것은 궁색한 문장 늘리기를 위한 변명일 뿐이다. 몸 다이어트와 마찬가지로 글쓰기에도 다이어트가 필요하다. 글쓰기 수업 중 배운 '글쓰기 다이어트' 내용이다.

'글쓰기 다이어트' 이후 삶이 조금씩 달라지고 있다. 아직 완전히 정착되진 않았지만, 점점 완성을 향해 노력하고 있다.

첫째, '정리 정돈' 지도가 머릿속에 장착되었다.
군더더기를 없애기 위해 말할 때도 명확한 의사전달이 되도록 노력하며 글쓰기도 짧고 요약된 구체화 된 문장을 제시한다. 글쓰기 수업을 배웠다면 누가 뭐라 해도 이 기본은 꼭 지켜야 한다.

둘째, 가족들을 맞이하는 태도가 달라졌다.

먼저, 결혼 20년 넘은 남편과 대화 방법이 달라졌다. 서로를 보는 눈빛도 달라졌다. 내 마음이 고요한 호수 같고 평온한데 남편에게 득달같이 달려들어 으르렁거릴 이유가 없었다. 할 일이 많아져서 사실 관심을 더 가질 수 없는 것도 남편에게 여유로운 삶을 주는 것이다. 서로의 대화 문장이 바뀌었다. '그것 있잖아, 찾고 찾아도 헷갈리던 단어들'을 구체화하고 되도록 간단명료한 단어 선택을 합리적으로 선택했다. 품격 있는 마누라가 되는 느낌이다. 책에서 본 좋은 문구나 간직하고 싶은 문장은 몇 번이고 되새기고 다시금 되뇌면서 아름다운 말투를 쓰려고 노력한다. 우리 부부는 지천명을 함께 바라보는 나이인데 나이만큼 몸과 마음이 잘 성장하고 있는지 알 수는 없지만, 조금씩 바뀌고 있다. 내 태도가 바뀌니 남편도 내 마음을 더 알아줬다.

〈부산큰솔나비〉 독서 모임에 퐁당퐁당 참여하던 습관을 버리고 적극적으로 참여하면서 달라지기 시작했다. 내 의식과 마음이 변화해야 한다는 생각이 강해서 그런지 습관과 행동

스몰 라이팅으로 시작합니다

이 조금씩 변화하고 있다. 힘들고 귀찮은 몸과 생각이 다이어트를 시작했다. 움직이지 않은 몸을 한 번씩 일으켜서 글쓰기 새벽 수업도 하게 되고, 생각을 무작정 말하거나 두서없이 늘어놓는 말들을 줄였다. 글을 쓰려면 책 읽기는 필수조건이다. 시간이 날 때마다 틈나는 대로 책을 조금씩 읽기 시작하였다. 독서는 가치관, 목표, 생활 습관 등을 바꾸었다. 지금도 노력하고 있다. 이제는 정리되지 않은 공간이 불편해져서 정리를 해야 했고, 말과 행동에 평정심을 찾으려고 노력 중이다. 타인의 탓이라고 치부해 버리는 실수를 줄이고 조금 더 발전적인 미래를 꿈꾸니 말과 행동이 조심스러워진다.

셋째, 아이에 대한 태도가 많이 바뀌었다. 아들은 고1이고 외모만 신경 쓰는 듯하다. 아들과의 대화는 하루하루가 천국과 지옥을 오가는 위험한 시간과 공간이었다. 마음이 바뀌니 아들과 대화도 달라졌다. "여자 친구를 사귀어서 너무 행복하다." 아들이 해맑게 얘기했다. 이렇게 말하는 아들에게 "18년 동안 키운 엄마랑은 행복하지 않았니?" 하며 웃을 수도 울 수도 없는 미소를 지으며 말했다. 예전에는 분노와 슬픔으로 대화를 더 이상 진행하지 못했다면, 지금 아들은 워킹맘인 엄마를 측은해하고 이해하고 사랑해 주는 마음이 느껴진다. 아들과의 대화가 한결 부드럽고 다정해졌다. "아들! 오늘 여자 친구랑 뭐했어?" 아들은 싱글벙글 웃으면서 "엄마, 여자 친구가

닭 배달 시켜줬어. 엄마랑 같이 먹으라고 하는데⋯." 우물쭈물
말하는 모습이 귀엽다. 글을 쓰면서 '마음의 평정심'을 찾는 연
습을 하니 모든 것이 달라진다.

　'글쓰기 다이어트'를 통해 삶을 대하는 태도가 달라지고 있
다. 삶이 정돈되어 가는 느낌이 든다. 마음이 편하니 여유가
생긴다. 무엇보다도 가족을 챙기게 되었다. 책 읽으면서 좋은
글귀가 있으면 사랑하는 가족 카톡방에 공유한다. 남편과 아
이들이 보내는 이모티콘으로 사랑스러운 소통의 장이 된다.
선물 같은 글쓰기가 사랑하는 가족들을 내 곁으로 불러 모았
다. 바쁘다고 책 한 권 제대로 읽을 시간이 없었던 과거가 부
끄러웠다. 누군가 말했다. "인문학을 배우는 이유는 가족들에
게 친절하기 위한 것"이라고. 20여 년 동안 잊고 살아왔다고
생각하니 모두에게 미안했다. 지금부터 달라지면 된다. 한 걸
음에 한 발짝씩 걸어가는 나의 남은 50년을 그려본다.

2-9.
글을 쓰면 치유가 될까요?

정희정

내가 글을 쓴다. 단 한 번도 글을 쓴다는 생각을 한 적이 없다. 글은 나와는 다른 사람, 다른 세계에 있는 사람만 적는 것인 줄 알았다. 전문 분야에 종사해서 가르침을 준다거나 역사적인 업적을 세운 사람이 쓰는 것이지 나에게 해당하는 일이 아니라고 생각했다. 일기도 글이라고 생각한 적이 없는데 글을 쓴다고 하니 참으로 난감했다. 책이야 좋아하는 분야, 배우고 싶은 분야나 알고 싶은 장르를 선택해서 읽으면 그만이다. 책을 어떻게 활용하는지는 전적으로 독자의 마음이다.

'독서의 마무리는 글쓰기다'라는 말을 들었다. 정말 그런가? 라며 한동안 생각하게 되었다. 독서 모임을 하던 중 2017년

도에 이은대 작가의 특강을 들을 기회가 있었다. 특강을 듣고 이은대 작가의 글쓰기 수업을 들었다. 그때야 의욕적인 마음으로 나도 책을 써야지 하는 근거 없는 자신감이 생겼다. 그 마음도 잠시 수업을 듣는 내내 내가 정말 글을 써서 책을 낼 수 있을까 하는 의문이 따라다녔다. 글을 쓸 때 '잘 쓴다.', '못 쓴다.'가 아니라 그냥 막 쓰기부터 하라고 했는데…. 막 쓰기가 안 되어 아직 힘들다. '내가 뭐라고 글을 쓸까? 하는 생각부터 무슨 내용을 쓰지? 전달할 내용이 있어야 하잖아….'라는 여러 가지 잡념들로 마음먹기가 쉽지 않다. 이은대 작가의 수업을 들으면서 숙제를 해내듯 나의 이야기를 적었다.

누구에게나 숨기고픈 과거는 있을 것이다. 유복하지는 않았지만, 행복했던 우리 가족. 대학교 시절, 직장 생활 초반의 우리 집이 부끄러웠다. 정확하게 가족관계를 밝히는 것이 나에게는 그랬다. 부모님, 언니, 나, 남동생 다섯 가족이었는데 고등학생 때부터 다 같이 살았던 적이 없다. 언니는 고등학교를 졸업하고 취업 후 일을 하던 어느 날 가출을 했다. 난 그때 고등학교 3학년으로 집에서 일찍 나가고 늦게 오던 일상을 반복했기에 어떤 일이 있었는지 정확하게 알지 못했다. 남동생은 공고에 다녔고 대학에 갔으면 해서 수능 당일 시험 잘 치고 오라고 인사까지 했는데 수능을 안 쳤다고 했다. 그 사건은 나에게 충격을 주었다. 이후 남동생은 전기기사 자격증을

따서 현장 일을 하며 잘 지냈다. 그러던 어느 날 교통사고가
났는데 그 돈을 혼자 감당하려다가 빚을 지게 되었고, 시간이
흘러 본인이 감당하지 못할 지경까지 왔다. 그때 가서야 우
리 가족은 알게 되었고 아빠가 갚아 줬지만, 그 이후로 남동생
과도 연락이 끊겼다. 그때부터 언니와 동생이 있지만 무남독
녀의 삶을 몇 년간 살았다. 엄마는 언니와 남동생과 연락하는
듯했지만 알려주지 않았다. 아빠는 대쪽 같고 잘 욱하는 성격
이셨지만 속정이 깊어 설이나 추석만 되면 집 나간 자식을 눈
빠지게 기다렸다.

언니와 동생이 없는 빈자리는 나에게 알 수 없는 마음의 짐
이 되었다. 지금 언니는 결혼해서 익산에서 잘살고 있고 남동
생도 엄마와 잘살고 있다. 나의 삶의 시간에, 그들의 서사와
나의 서사를 가슴 깊은, 차마 꺼내지도 못할 깊은 곳에 묻어
두었다. 감히 묻어두었다고 말조차 할 수 없었다. 가족관계에
대해 말하면 언니는 뭐 하나, 남동생은 뭐 하나 이런 말들을
듣는 것이 싫었다. 언니와 잘 지내는 자매들을 보면 나도 저
랬으면 하는 마음이 들었고 그럴 때면 언니를 원망한 적도 있
었다.

가족을 빼면 내가 없다. 결혼 전 가족에게 나는 사랑하는
엄마, 아빠의 딸이자 언니와 남동생의 둘째였다면 지금은 부

인이자, 엄마이자, 며느리이고 딸이다. 내 책을 쓰자면 가족 이야기가 빠질 수 없다. 어떤 이야기를 쓸까 떠올리면서 글쓰기 시작하는데 갑자기 눈물이 주루룩 주루룩 흘렀다. 흐르는 눈물을 멈출 수가 없었다. 노트북 모니터 앞에서 대성통곡했다. 한참을 꺼이꺼이 울고 나니 진정이 됐다. 부끄럽게 여기고 숨기고 싶었던 이야기가, 나만 알고 싶었던 이야기를 글로 풀어내니 마음의 무게가 가벼워졌다. 내 안에 꼭 끌어안고 있던 나도 몰랐던 응어리가 풀린 기분. 부끄럽게 여기던 숨기고 싶었던 이야기가 더 이상 부끄럽지 않았고 숨기고 싶지 않았다. 나에게만 갇혀있던 이야기가 글을 통해 말하게 되면서 더 이상 내 안의 상처가 아니었다.

글을 쓰는 이유는 기쁘고 즐거웠던 추억, 함께 나누고 싶은 경험, 아프거나 슬펐던 일을 공유하며 누군가에게는 격려와 위로가 되고 누군가에게는 응원이 되기를 바라는 마음일 것이다. 유치원생에게도 아픔이 있다고 한다. 나이가 많고 적음에 관계없이 우리는 누구나 자신만의 생채기가 가슴에 묻어져 있다. 가슴에 묻어져 있는 이야기를 풀어내야 한다. 가슴은 무한정 깊고 넓은 것이 아니기에 한번씩 감정의 쓰레기, 가슴의 응어리를 버려줘야 한다. 어디에 버릴지 몰라 가슴 속에 담아 두는 것이리라. 가장 쉽게 사용할 수 있는 도구는 종이와 연필, 휴대전화, 노트북이다. 쓰고자 한다면 도구는 무한

정이다.

"세상에 타고난 좋은 작가는 별로 없다 그들은 단지 다른 사람들보다 자주 고쳐 쓸 뿐이다. 그래서 좋은 작가 중에는 좋은 사람이 많다. 매일 글을 고치면서 자신의 일상에 존재하는 보기 싫은 부분도 함께 고치기 때문이다."

— 《글은 어떻게 삶이 되는가》, 김종원

김종원 작가는 타고난 작가가 없다고 했다. 많이 고치면 된다고 한다. 더군다나 글을 고치면서 나의 부족한 부분도 함께 고친다고 하니 일석이조다. 오랫동안 글을 쓰면 자신에 대해 깊이 알고, 무엇이 부족한지 알기 때문에 필요한 것들을 배울 안목과 의지도 가질 수 있다는 말인 것 같다.

아직 초보 작가라 부족한 점이 많다. 매주 2시간 30분 동안 코치와 함께 글을 공부한다. 글을 쓰면서 다양한 경험을 쌓으려고 노력하고, 내 기분이 왜 좋거나 나쁜지를 주의 깊게 관찰한다. 때로는 오늘을 돌아보며, 어제를 회상하고 과거를 생각해 내며 깊은 사색에 빠질 때도 있다. 글을 쓰다가 울컥해서 울음이 나올 때도 있지만, 그것이 마음의 어떤 부분을 치유하고 있는 것 같아 더욱 글쓰기에 몰두하게 된다.

'치유의 글쓰기'에 대한 용어를 종종 듣긴 했지만, 정확한 의미는 아직 잘 모르겠다. 그래도 지금은 마음을 담아 표현하며 글을 쓰고 있다. 열심히 *끄적끄적*, 토닥토닥, 중얼중얼하며 내 마음을 수리하는 중이다. 글쓰기를 통해 마음이 편안해지고 내가 조금씩 더 좋아지는 느낌이 드는 것 같다.

　　　　　　　　　스몰 라이팅으로 시작합니다

3장

'스몰 라이팅', 이렇게 시작하라

3-1.
'스몰 라이팅', 글쓰기 모임에 참여하라

강준이

　　　　　　　"김태훈 선배님, 기증하시기 전에 그 책 저
한 권 주세요!"

　나도 모르게 이 말이 나왔다. 뻔뻔하기보다는 용기가 맞는
말이다. 365일 하루도 빠짐없이 만년필로 《거인의 어깨》를
〈아주 특별한 아침(미라클 모닝)〉 단체 카톡방에 올린 선배의 글
을 연재만화 읽듯이 읽고 있었다. 읽을 때마다 따라 하고 싶었
다. 그리고 무척 부러웠다. 그렇지만, 못하고 있는 참이었다.

　김태훈 선배는 이찬영 작가로부터 책을 선물 받았다. 거인
의 어깨 글쓰기를 365일 성실하고 꾸준하게 해냈기 때문에
책의 저자가 선물을 보낸 것이었다. 작가로부터 받은 선물을

〈부산큰솔나비〉 독서 모임에 기증하려고 진행자에게 책을 전하는 순간에 나는 기회를 잡은 것이다. 특별하게 선물 받은 책《거인이 어깨》가 나의 스몰 라이팅 출발선이 되었다. 또 다른 한 선배는 직장 독서 모임 〈리딩업〉 회원들에게 선물을 하여 거기서도 글쓰기가 들풀처럼 번지기 시작하였다. 매일 연재만화 기다리듯이 나는 선배들 글이 올라오면 재미있게 읽었다. 재미와 흥미가 없다면 읽히지 않았을 것이다. 그렇지만 글이 기다려지고 오늘은 또 어떤 내용이 올라올까? 궁금해지기 시작하였다. 이렇게 선배들의 글을 읽으면 그 글들은 나에게 거름이 되어 주었다.

〈글쓰기 이렇게 하라〉 등의 방법이 있는 글쓰기 관련 책이 책꽂이에 많은 자리를 차지하고 있다. 그러나 나에게 동기 부여 해주기에 책은 한계가 있었다. 글을 잘 쓰고 싶은 마음은 연애 시절 애인에게 마음 전할 때 최고조에 달하지 않았을까? 아들 고등학교 입학원서에 자기소개서가 있었다. 자기소개서를 잘 쓰기 위해 대필해 주는 학원에 문의 전화하면서도 글을 잘 쓰고 싶은 마음이 간절했었다. 이렇듯 글쓰기에 대한 목마름이 삶의 길목에서 내비게이션처럼 필요할 때가 종종 있었다.

책읽기의 최종 목적지는 글쓰기라는 말을 자주 듣는다. 그리고 글쓰기에 도전하여 책을 출간한 선배들이 가까이 있다. 나의 경우 글쓰는 사람과 가까이 지내는 것은 글쓰기 방법의 좋은 동기부여가 된 사례다. 독서 모임 선배의 출간 기념회에 가서 책 출간을 축하하며 그간의 노고 이야기를 듣다 보면 나도 써야겠다는 생각을 늘 하곤 했으니까. 성장과 좌절이 진실하게 누적된 필자들의 기록은 유일무이한 선배들의 서사였다. 글솜씨의 유려함이나 형언의 아름다운 기술이 많아서라기보다 선배들의 삶이 책에 녹아있는 내용은 감동을 주었다. 한 줄 한 줄 써 내려가며 삶을 성찰하였을 마음을 들여다볼 수 있었다. 마음을 다 들여다보고 다음 독서 모임에서 만나면 더 가까워짐을 느낀다. 유유상종은 내 삶의 공간을 단단하게 채워주고 글쓰기에 필요한 강의를 찾아 들으며 배움의 동기가 되고 있다.

"켈리! 네, 켈리입니다." 보통 때 같으면 대화 없이 손에서 손으로 건네지는 수술기구이다. 그런데 나의 대답이 크게 수술 필드를 울린다. 어시스트를 하던 전공의 4년 차의 시선이 나를 향한다. 주치의는 아무런 말 없이 수술을 진행한다. 사실은 수술 진행상 메젠바움이라는 가위 종류가 쓰일 순서였는데 말이 잘못 나온 것이다. 신규 간호사라면 당연히 켈리가 주어졌을 것이다. 그리고 주치의는 자기가 한 말은 잊어버리고 화를 냈을 것이다. "똑바로 줘야지! 수술 방해해!"라는 심한 말을 하든지 아니면 한숨이라도 쉬면서 분위기가 다운될 것이다. 나는 큰소리로 상기시키며 '지금 필요한 것을 드립니다!'라는 의사를 표현했다. 어느 날 주치의 교수는 말했다. "의학전문대학원 입학해서 외과에 들어와 나의 제자가 되면 좋겠다." 그 말을 들은 후부터 그 별난 교수의 수술에 모든 정신을 집중하며 참여했다. 모 레지던트가 저녁 회식 자리에서 나의 이야기를 하며 '수술실의 전설'이라고 했다는 후일담을 들었다. 그때처럼 글쓰기에도 모든 정신을 집중하여 투자하고 싶은 태도로 배우고 있다. 마음을 다하여 수술에 참여하기까지 많은 시간이 걸렸다. 어느 날 갑자기 찾아온 실력이 아니었다. 거북한 해부학을 공부하고 수술 과정을 익히고 익힌 고된 시간이 지나간 후에 찾아온 현실임은 말할 필요가 없다.

〈부산큰솔나비〉 독서 모임 성장 프로젝트 〈글센티브 직장인 책쓰기〉의 1기 공저 책 쓰기가 진행 중이다. 1장 주제인 '그래서, 나는 글을 쓰기로 했다'를 힘겹게 마무리했다. 한숨 돌릴 틈도 없이 2장, 3장을 쓰려니 무리수가 따른다. 상상하라! 그냥 하지 마라! 종이에 원하는 것을 하루에 백 번 이상 적어라! 적자생존! 내가 좋아하는 적는 자만이 살아남는다. 등등. 긍정 확언을 쓰고, 외치며 하고 있다. 시간이 많은 황금 연휴에 글쓰기 마무리를 할 요량으로 야심차게 시작했지만 어불성설이다. 자리를 박차고 나의 최애 산책 장소를 찾아 걸

는나. 답답하던 마음이 드넓은 수평선을 바라보며 걸으니 확 트인다. 글도 확 시원하게 써졌으면 좋겠다. 잠자리 들기 전 심호흡을 하고 '나는 왜 하는 일마다 잘되지!'도 써보고, 혼자 중얼거리기도 한다. 일상을 글쓰기에 집중하니 좋은 점은 시간이 잘 가고 있다는 거다. 마시고 싶어서 사 두었던 금정산성 막걸리는 냉장고에서 주인을 만나지 못하고 있는 것을 보니 나의 글쓰기 시작은 아직까지는 성공적이다.

《시대예보》의 작가 송길영의 책에서 '문제는 '나이'가 아니라 '나'이다.'라는 문장이 유독 눈에 확 들어온다. 나이가 많다는 이유로 글쓰기를 하고 싶었지만 망설였었다. 배우기에, 그리고 시작하기에 너무 늦었다는 생각이 뇌리에서 떠나지 않았다. '인생 육십부터 시작이다.'라는 문구가 현실이 된 시대이다. 나도 당당하게 글쓰기 하는 새내기가 되어 글쓰기를 시작하고 있다. 스마트한 젊은 작가들과 당당하게 어깨를 맞대고 더 힘차게 보조를 맞출 각오가 되기 시작한다. 나처럼 망설이는 사람들에게 나의 글이 동기부여가 되고, 용기가 되길 기대한다.

글쓰기 시작하기 위해 나는 〈부산큰솔나비〉 독서 모임에 6년을 즐겁게 다녔나 보다. 그리고 글쓰기 하는 선배를 따라 하였다. 또한 〈글센티브 직장인 책쓰기〉, 〈7문장 글쓰기〉에서 배웠다. 그리고 가장 내가 글을 쓰게 한 것 중의 으뜸은 같이 하는 것이었다. 선배님들과 글쓰기 교실에서 같이 공부하고, 독서와 글쓰기를 같이 하면서 중단 없이 계속할 수 있었다. 포기하고 싶은 순간에 만나서 대화를 하다 보면 선배님들의 에너지가 내게 충전이 되곤 하였다. 지금 글쓰기를 하고 있지만 수술실 간호사로 처음 근무하던 때처럼 힘들다. 그렇지만, 꾸준하게 글쓰기를 매일매일 하다 보면 언제가 나도 작가가 되어 있을 것이라고 믿는다. 혼자 꾸면 꿈이지만 같이 꾸면 현실이 되는 경험을 하고 있다.

스몰 라이팅으로 시작합니다

3-2.
지금 퍼스트 펭귄은 무엇을 할까?

———————— 김도연 ————————

헤밍웨이는 "가장 단순한 것들로부터 시작해서 글쓰는 법을 배우고자 했다"라고 말한다. 모든 것은 보는 것, 듣는 것을 세심하게 관찰하여 일상에서 글감을 찾으면 글쓰기가 쉬워진다. 〈생각의 별〉 수업에 우연히 참여했다. 우연한 기회가 찾아왔고 수업에 그냥 도전했다. 〈생각의 별〉 수업은 신청 후 곧 마감되어 재고 따지고 할 시간도 없었다. 이른 새벽 2시간 동안 글쓰기는 실시간 수업 진행으로 심장이 쫄깃쫄깃해지는 경험이었다. 짧은 시간 안에 7문장으로 쓰면 즉시 날카로운 피드백을 받는다. 짧은 문장도 의식 흐름대로 써 맥락이 없음을 알아차린다. 아하! 매번 지적받고 고치는 것이 기회라고 생각하여 긍정적인 마음으로 24회 참여했다. 글을 쓰는 동안 생각 흐름을 멈출 수 있게 되고 일상을 유심히 관찰하게 되었다. 하루하루 조금씩 삶의 안목이 성장하게 되었다. 퍼스트 펭귄은 글쓰기 실력을 향상하기 위해 준비하는 것이 있다.

먼저, 매일 일상을 기록한다. 요즘 책 쓰기가 문화가 유행하면서 많은 사람이 글쓰는 방법을 배우고 있다. 글쓰는 법을 배워도 책 쓰기를 힘들어한다. 매일 일상을 기록하는 것에 소홀히 했기 때문이 아닐까? 글쓰기 실력을 향상하기 위해 매일 일상을 자세하게 기록해 본다. 하루 한 줄 일기, 감사일기, 매일 댓글 쓰기 등 정성껏 써 본다. 오만가지 생각이 정리된다. 생각이 정리되면 생각 구조화가 가능해지고 글쓰기가 자연스럽게 향상된다. 글쓰기 부담이 줄어든다. 글을 통해 맥락적으로 통일감 있게 구체화해야 핵심이 잘 전달하기 때문이다. 생각 구조화로 글쓰기가 자연스럽게 향상되어 부담 없이 글쓰기가 될 것이다. 매일 느끼는 것을 기록으로 남겨본다.

그동안 외부로 에너지를 발산하며 살았다. 작년부터 독서를 집중적으로 다양하게 하면서 인생의 관점이 180도 바뀌었다. 내면 토대를 다지는 것이 우선이었다. 조용히 사색하여 내면 깊은 마음을 들여다보자. 이야기를 솔직하게 글로 기록하면 가면 쓴 나와 진짜 나를 알아차리게 된다. 내면의 메시지에 귀를 기울이면 비로소 강인한 거인이 깨어날 수 있다.

스몰 라이팅으로 시작합니다

나를 보는 것이 가능해지면 상대를 이해하는 눈을 갖게 된다. 내면 신뢰가 쌓이면 자기 확신도 강해진다. 매일 알아차리는 느낌을 글로 남기면 창조적 영감이 자연스레 생겨 최적의 타이밍을 잘 잡을 수 있게 된다.

다음으로, 문장 사전을 만든다. 독서 모임에서 필사가 유행했다. 남이 좋다고 해서 무조건 따라 하는 것은 지속해서 할 수 없다. 단순한 필사는 시간이 많이 소요되고 재미가 없다. 필사 속에서 좋은 문장을 발견하여 나만의 언어로 재구성하는 것이 필요하다. 영화, 책, 가사 등에서 좋은 문장을 모아서 문장 사전을 만드는 것이다. 내가 만든 문장이 글쓰기 소재가 되어 개성 있는 글이 될 것이다. 한 줄 그은 문장으로 나만의 사전을 만들어 본다.

관심 있는 책, 영화, 가사 등에서 좋은 문구나 깊게 감명 받은 글귀를 메모해 두고 자신만의 생각을 재가공하여 어록을 만드는 것이다. 나만의 어록은 밴드나 블로그에 기록해도 좋다. 개인 독서 밴드를 만들면 이미지, 글, 생각을 기록하는데 한 눈에 볼 수 있고, 찾기도 쉬워 나만의 문장 사전을 만들기 쉽다. 키워드는 안 보고 독서 카드에 다시 재정리하면 쉽게 자기화가 된다. 작은 티끌이 모여 태산이 된다고 했다. 작은 메모 습관이 글쓰기의 밑거름이 되기 때문에 소소한 것도 메모하는 습관을 들여본다.

마지막으로, 주제 일기를 써 본다. 성공한 사람들은 매일 일기를 쓴다고 한다. 일기 쓰기가 중요한 것은 알지만 쓸 시간이 없다고 한다. 일기는 밤에 쓴다는 고정관념이나 매일 쓴다는 것이 익숙하지 않기 때문이다. 일기 쓰는 시간을 아침 시간으로 활용해 본다. 주제가 담긴 일기책 및 3년 일기, 5년 일기 등 기록해 보는 것이다. 그렇게 하면 주제를 깊이 생각하며 원하는 것이 무엇인지 알게 되고 글쓰기에 도움이 될 것이다. 매일 일기 기록, 주제 일기를 써 본다.

새벽 기상을 시작으로 명상, 감사일기, 독서에 도전했다. 새벽 1시간을 나만의 루틴 시간으로 습관화하니 하루 24시간에 대한 자유가 생긴다. 새벽에 기상하기 전에는 일상을 효율적으로 사용하지 못한 것에 대한 반성과 죄책감으로 괴로웠다. 시간을 과하게 쓰면 피곤해서 잠을 잤다. 자고 나면 후회가 되었다. 부정적인 감정이 쳇바퀴 돌 듯했다. 게으름을 인정하는 순간 변화하고자 하는 욕구가 생겼다. 바로 새벽 기상을 습관화하고 감사 기록, 주제 일기, 독서록 등 글쓰기를 지속 중이며 성장 원동력이 된다. 지금도 하루 24시간에 대한 자유로 인해 마법 같은 삶을 살고 있다.

글쓰기 실력을 향상하기 위해서 매일 일상 기록, 문장 사전 만들기, 주제 일기 쓰기를 하고 있다. 〈7문장 글쓰기〉 수업에서 '설한 관점은 익숙하게 되고, 익숙한 관점은 설하게 되는' 글쓰기 경험을 했다. 최근 〈글센티브 직장인 글쓰기〉 수업에 참여했다. 작가로서 마음가짐, 가치, 내면 성장, 동기부여를 배운다. 글쓰기 템플릿 등 구체적인 글쓰기를 공부하고 있다. 세상에 대한 안목이 확장되는 느낌이 든다. 시간과 노력을 투자하면 성장한다는 것을 믿는다. '재주 있는 사람이 글을 잘 쓰는 것이 아니라, 매일 글을 쓰다 보면 글재주 있는 사람이 된다.' 비록 지금은 글쓰기 초보이지만, 글쓰기 분야에서 퍼스트 펭귄이 되기를 주저하지 않겠다. 퍼스트 펭귄으로 오늘도 읽고, 쓰고, 배운 것을 나누는 삶을 살아가기 위해 새벽을 깨운다.

3-3.
내 경험이 누군가에게 위로가 된다

강지원

남편 책 쓰기 강의에서 '스몰 라이팅'이라는 제목으로 공동 저서를 출간하기로 했다. 출간 계획에 맞춰 진행하기 위해 팀장과 조장을 선출했다. 첫날에는 다소 어려움을 표하는 사람도 있었지만, 동기 부여 글과 에너지 넘치는 미션이 올라왔다. 언제 그랬냐는 듯 글쓰기가 시작되었다. 시작이 반이다.

목차를 보고 생각했다. '누구에게 어떤 도움을 주는 글을 쓸까?' 질문이 떠오르자 어떤 책을 읽어도 목차에 관련된 내용만 눈에 들어왔다. 칵테일 효과다. 어떤 것에 관심이 있으면 그것만 보인다. 우체국에 발령받고 난 후에 우편 차와 우체통이 많이 보이듯, 글감에 집중이 된다.

글을 쓰면 보는 능력이 길러진다. 보는 것을 글로 적으면 된다. 글을 잘 쓰려고 하면 한 줄 작성도 어렵다. 보이는 대로 느끼는 대로 적고 본다. 책 읽다가 눈에 들어오는 한 줄을 적어놓고 내 경험을 적어 나간다. 때로는 다른 사람의 글을 내 스타일로 바꾸면 생각지도 못한 멋진 문장이 되기도 한다. 잘 쓰려고 애쓸 필요는 없다. 초고는 고치면 된다. 여러 번 고치면 완전히 다른 글이 된다. 좋지 않은 문장도 망설이면서 쓰지 않는 것보다 낫다. 책이나 영화 보다가 좋은 문장이 나오면 핸드폰 메모에 적어놓는다. 글을 쓸 때 인용하기 좋다. 걷다가 생각나는 것이 있으면 적는다. '글 쓰는 데 소질 있는 사람은 따로 있다.'라고 생각하는 사람이 많다. 어떤 분야에서도 타고난 천재는 있지만, 포기하지 않고 끝까지 살아남는 사람이 성공한다.

글은 쓰고 싶은데 방법을 모른다면 다음 다섯 가지를 실천해 보길 바란다.

첫째, 환경을 만들자. 혼자 가면 빨리 갈 수 있지만, 함께 가면 멀리 갈 수 있다. 함께 글 쓰는 사람이 있으면 동기부여가 된다. 스스로 환경을 만들지 못하면 만들어진 환경에 참여해 보는 것이 좋다. 자기 계발을 처음 시작할 때, 새벽 5시에 일어나기가 쉽지 않았다. 겨우 눈 떴을 때 단체 카톡방에 '굿모닝'이라는 인사가 줄줄이 올라왔다. 눈이 번쩍 떠졌다. 다음

날은 내가 먼저 인사했다. 어떤 일이든 처음은 어렵다.

둘째, 목표를 다른 사람에게 공개하자. 혼자만 알고 있다면 포기하기 쉽지만, 다른 사람이 알고 있으면 책임감에 끝까지 하게 된다. 앞에서도 언급했지만, 독서는 읽는 것보다 실천이 중요하다. 독서 모임에 참여하는 회원의 좋은 습관 만들기 100일 프로젝트를 시작했다. 함께 하는 힘과 목표 공개가 좋은 습관 만드는데 효과가 크다는 것을 알기에 시작한 것이다. 코로나 오기 전 6기까지 진행했다. 피드백할 때마다 참여자의 성장을 본다. 각자의 습관 만들기 사례를 공유하며 서로에게 배운다.

셋째, 독서다. 독서 없이 글쓰기는 어렵다. 독서 모임을 운영한 지 6년이 지나고 34년 다니던 직장을 명예퇴직했다. 일상이 지루할 틈이 없다. 새벽에 일어나는 것은 기본이고 독서와 글쓰기는 특별한 날을 제외하고 매일 한다. 독서는 사람을 만나는 것과 같다. 우리가 만나는 사람은 거의 일정하다. 글쓰기는 다양한 경험이 필요하다. 내 경험이 아닌 지식으로만 쓴다면 다른 사람에게 별로 도움이 되지 못한다. 글을 쓰는 이유는 내 글을 읽고 한 사람에게라도 내 경험이 도움이 되길 바라서다. 인공지능 시대다. 인공지능이 사람을 대체하는 날이 오고 있지만, 인간의 경험을 대체할 수는 없다. 아무도 나

스몰 라이팅으로 시작합니다

와 같은 삶은 없다. 내가 세상에 없다면 나 같은 사람은 만날 수 없다. 한 사람 한 사람의 경험이 소중하지만 우리가 만나는 사람은 제한적이다. 한 권의 책을 읽을 때마다 한 사람을 만나는 것이다. 권수가 늘어나면 만나는 사람이 늘어나는 것이다. 만나는 사람이 늘어날수록 내 경험도 늘어난다.

넷째, 어떤 생각이라도 메모하자. 글을 쓰지 못하는 사람은 없다. 안 쓰는 사람만 있다. 왜 안 쓸까? 자기 검열에 걸리기 때문이다. 다른 사람은 내가 어떤 행동을 하든 신경 쓰지 않는데, 스스로 누가 뭐라 할지 고민한다. 돈을 주고라도 아이템 사서 예쁘고 특이하게 하려고 애쓴다. 그런데 혹시 아는가? 이것은 남이 아니라 자기만족을 위해서라는 것을. 쓸데없는 시간, 노력, 돈 낭비다. 글쓰기도 다르지 않다. 예쁘게 쓰고 화려하게 문장을 쓰려고 하니 글쓰기가 어렵다. 좋은 글은 초등학생이 읽어도 이해되는 글이다. 자기 검열에 빠지지 말고 어떤 생각이 나면 메모부터 하자. 샤워하거나 걸을 때도 마찬가지다. 나중에 적어야지 하고 미루는 순간 잊어버린다. 좋은 것, 나쁜 것 가리지 말고 떠오르는 것이 있다면 메모하는 습관을 만들자.

다섯째, 한 줄이라도 적어 보는 것이다. 글을 쓰려고 컴퓨터를 열었는데 커서만 깜박일 때가 있다. 포기하고 나가는 것이 아니라 생각나는 단어만 적기도 하고 하루 일상을 시시콜콜 적는다. 그러면 희한하게 글이 술술 써진다. 작가는 하루도 빠지지 않고 매일 글을 쓰는 사람이다.

"사람들은 재난 이야기, 역경을 맞닥뜨리고 난관을 극복하는 과정, 갈등과 자기 회의, 여러 어려움에도 다시 인물들이 만나게 되는 이야기에 빠져든다. 스토리를 통해 우리는 자신의 삶을 어떻게 헤쳐 나가는지 교훈을 얻는다."

《뉴욕타임즈 편집장의 글 잘 쓰는 법》 중에 나오는 글이다. 괴롭고 힘든 과정이 없는 사람은 아무도 없을 것이다. 그때의 경험을 적고 지금 어떻게 살고 있는지 적으면 된다. 남 이야기가 아닌 내 얘기에 사람들은 관심이 많다. 《내가 글을 쓰는 이유》의 이은대 작가는 "뭐 어려운 일 없다면 나처럼 감옥에 한번 갔다 오던가?"라는 멘트로 웃기도 했다. 괴롭고 힘든 과정만 스토리가 되는 것은 아니다. 기쁘고 좋았던 경험도 좋은 스토리다.

글을 쓰면서부터 사람들이 하는 말을 귀담아듣는다. 글은 내가 쓰고 싶은 글이 아니라 사람들에게 도움이 되는 글이어야 하기 때문이다. 때로는 내게는 아무것도 아닌 일상에서 느낀 한 단어가 누군가에게 도움이 될 때가 있다. 다른 사람의

스몰 라이팅으로 시작합니다

이야기에 귀 기울이다 보면 쓸거리가 생각나기도 한다. 직장 다닐 때 술자리를 자주 했다. 대화 소재 중 부부 이야기를 하는 경우가 많다. 대부분 쇼원도 부부다. 나 또한 그랬다. 세상 사람 모두 그런 줄 알았다. 교회나 독서 모임에서 만나는 사람은 달랐다. 신기했다. '부부가 어떻게 잘 지낼 수 있지?' 우리는 안 된다고 생각했는데 잉꼬부부가 되었다. 《부부 탐구 생활》이라는 책을 썼다. "선배님 부부가 롤 모델이에요"라는 말을 자주 듣는다. 우리가 이혼할 만큼 힘들게 지내온 경험이 다른 이들에게 위로와 힘이 되길 바라며, 롤 모델의 삶을 살려고 노력하고 있다. 다음 달 '부부 독서 모임' 송년회가 기다려진다.

3-4.
행복을 디자인하라

───────── 권은주 ─────────

어떻게 하면 글을 잘 쓸 수 있나요? 묻고
싶은 질문이다. 어떻게 하면 글을 잘 쓰는지 몰라 백건필 작
가와 정인구 작가의 글쓰기 수업을 열심히 듣고 있다. 수업
듣는 수강생들이 무슨 작가인가? 라고 생각하겠지만 배우는
것을 멈추지 않고 글을 쓰는 사람이 작가다. 작가가 된다는
것은 거대한 목표로 장편 소설을 쓰고 책을 내는 일일 수도 있
지만, 소중한 내 인생을, 내 하루를 돋보기처럼 들여다보고 재
미있게 적는 소확행 일 수 있다.

이찬영 작가의 《거인의 어깨》를 300여 일째 매일 한편씩
읽고 그날의 명언에 맞게 내 생각과 느낌을 적고 있다. 아침
에 적지 못하면 늦은 밤에라도 빠지지 않고 글을 쓴다. 어떻

게 매일 글을 적을 수 있었는지 모르겠지만 처음 시작할 때 마음먹은 것이 있었다. '부담 없이 딱 하루 반 장만 글을 쓰자!' 더 잘 쓰려고 하지도 않고, 더 많이 쓰려하지도 않고, 뒷장에 무슨 내용이 나올지 보지 말자. 딱 반 장씩만 써 내려갔다. 꾸준히 적다 보니 글이 점점 좋아지는 느낌이 들었다. 글쓰기 역시 잘하려는 마음으로 접근하면 어렵다. 먼저 소소한 일상을 글로 옮겨보자! 그러면 글쓰기가 훨씬 수월해질 것이다. 초보 작가의 깨알 같은 스몰 라이팅 노하우! 이렇게 시작해 보자!

첫째, 오감을 깨우자. 이미 오감을 사용하여 생활하고 있는데 더 이상 무엇을 더 느껴야 하는 것일까? 글쓰기 수업 시간에 시각, 청각, 촉각, 후각, 미각을 나타내는 말을 문장으로 적어 보았다. "본다. 듣는다. 냄새난다. 맛있다, 부드럽다." 이외에 다른 미사여구가 떠오르지 않았다. 오감을 느끼는 글을 적어 보고 나서야 내 오감이 닫혀 있다는 것을 알았다. 여름의 도시 매미가 시끄럽게 울고 있다. '더워 죽겠는데 시끄럽게 울어대는 매미도 짜증스럽다.' 우리의 오감을 좀 더 깨워보자. 도시의 아스팔트에 뜨거운 아지랑이가 일렁인다. 실바람이 목덜미를 타고 든다. 사방에 울리는 매미 소리가 귓가를 때린다. 오감이 깨어나는 시점을 알 수 있겠는가? 최대한 가지고 있는 감각으로 무엇을 느낄 수 있는지, 그것을 어떻게 표현할 수 있는지 끊임없이 찾아야 한다. 오감은 열쇠다. 우주의 기운을 열 수 있기 때문이다.

둘째, 앞으로 일어날 일에 대해 사진의 한 장면으로 상상하자. 누구나 과거에 인상 깊은 장면을 간직하고 있다. 매번 모든 일이 행복할 수 없겠지만 행복하게 남길 방법이 있다. 〈7문장 글쓰기〉 수료식 날이었다. 의미 있게 기억되고 싶어 별 모양의 소품을 준비했다. 깜짝 이벤트가 펼쳐지는 순간 백건필 작가와 수강생은 형식적인 수료식의 경계가 무너졌다. 함께 힘들었던 순간들을 기억하고 끈끈한 정을 나누며, 속마음을 나눌 수 있는 뜻깊은 자리가 되었기 때문이다. 그날의 추억은 평생 글쓰기의 원동력이 될 것이다. 소중하게 기억하고 싶은 순간을 원하는 모습으로 그려보자! 원하는 대로 이루어지도록 실행하자. 거기에 나만의 마법 가루 '의미'도 한 스푼을 더한다면 그 어디에서도 얻을 수 없는 소중한 글감들이 탄생할 것이다.

셋째, 솔직한 심정을 적어라. 어디에라도 털어놓고 싶은 그런 날이 있다. 솔직하게 말하는 순간 손가락질 받을까 두려워한 적이 있지 않은가? 나 역시 처음엔 부끄러워 글을 쓸 생각조차 못했다. 이것은 '구더기 무서워 장을 못 담는 일'과 다름없다. 솔직한 감정을 적는 것은 옳고 그름의 판단이 아니다.

스몰 라이팅으로 시작합니다

표현하는 것이 중요한 것이다. 글을 쓰다 보면 방향은 정해져 있다. 나침반이 N극을 바라보듯 글쓰기는 늘 가야 할 방향을 알려준다. 다만 나의 솔직함으로 다른 사람에게 피해 주는 일만은 피하자. 그러니 마음 놓고 당당하게 적자. 글은 내 감정이고 내 생각의 결과물이지 다른 사람과 비교 할 수 있는 것이 아니다.

솔직한 감정과 주변 사람과 있었던 즐거웠던 대화를 기록해 보자. 아무렇지 않은 오늘이 특별한 하루가 되고, 의미 있는 사람이 되며, 소중한 일상이 될 것이다. 요즘 나의 일상은 한마디로 말하면 '기대'다. 재미있는 글감을 모으기 위해 '어떻게 하루를 스케치할까? 뜻하지 않게 생긴 일은 어떤 의미를 부여할까?' 생각하면 하루가 어떻게 지나가는지 모르게 알차고 신난다. 매 순간이 집중되고 함께하는 사람들과 보내는 시간이 즐겁다. 물론 오감이 열리지 않아 우주의 기운도 오락가락하고, 행복한 상상도 원하는 대로 이루어지지 않아 속상할 때도 있다. 솔직하지 못한 순간도 있을 것이다. 하지만 글을 쓰면 조금씩 성장하고 변화되어 있으리라는 것을 안다.

무턱대고 쓰는 것이 아니라, 전문가한테 글쓰기는 방법을 배우며, 매일 정해진 시간에 글을 쓰고, 독서 하는 삶을 루틴

으로 만들자. 오감을 깨워 '지금 여기' 매 순간 집중하고 행복
한 경험을 상상하며 솔직한 글을 적어 행복을 디자인해 보자.
이것이 스몰 라이팅의 시작이다.

3-5.
내 인생을 바꿔준 감사일기

신민석

글쓰기의 장점은 정말 셀 수 없이 많다. 글로 써보면 자신이 아는 것인지 알았다고 착각했던 건지 명확하게 구분할 수 있을 뿐만 아니라, 글쓰기의 또 다른 매력은 책을 읽을 때보다 내 경험상으로는 5~10배는 더 많은 생각을 하게 해준다. 때로는 글쓰기를 통해 현재의 문제점을 기록했을 뿐인데 해결책까지 곧바로 나오게 되는 경우도 있다. 그리고 가장 중요한 글쓰기 장점은 바로 나에 대해 더 잘 알게 된다는 것이다. 예전에 책을 읽기만 했을 때는 이런 생각이 자주 들었다. 이번에도 이렇게 좋은 책을 읽었는데 '그래서 뭐? 내가 뭘 해야 하는데? 나는 이렇게 할 수 있는 사람도 아니잖아!'라는 생각이 자주 들곤 했다.. 그래서 마음 한편으로는 허전한 느낌이 들었었는데 글쓰기를 함께한 이후에는 상당 부분이 해소되었다. 또한 감사일기 기록을 통해 마음의 풍요로움은 물론, 글쓰기를 통해 현재의 내 감정이나 마음 상태를 글로 적다 보니 내가 어떤 사람인지 혹은 무엇을 할 때 행복과 만족감을 느끼는지 자연스럽게 알 수 있게 되기 때문이다.

글쓰기에는 이렇게 많은 장점이 있음에도 불구하고 많은 사람들은 글쓰기를 어려워한다. 그 이유는 글쓰기 자체가 몹시 어렵고 힘든 작업이며 특별하고 많은 시간과 노력이 들 거로 생각하기 때문이다. 나도 처음에는 그렇게 생각했었다. 그래서 나는 처음 책 읽기 습관을 만들 때처럼 글쓰기도 똑같이 접근했다.

사실 처음 취업했을 20대 후반까지만 하더라도 책 읽는 습관을 갖지 못했다. 머릿속에는 '항상 책을 읽어야지'를 수도 없이 생각하면서도 행동으로 연결되기까지는 많은 시간이 필요했다. 하지만 뇌에 부담을 주지 않게 하기 위해 나는 목표를 낮춰 매일 2페이지씩만 독서 하기로 스스로 약속했다. 사실 2페이지 책을 읽는데 길어봤자 5분 정도의 시간밖에 소요되지 않는다. 그렇게 2페이지씩 매일 하던 독서 습관을 하루에 2페이지를 출근 전, 점심시간, 자기 전에 할 수 있게 되었으며 그렇게 시간이 날 때마다 틈틈이 반복하다 보니 하루에도 5차례 이상 2페이지씩 책을 읽을 수 있게 되었고 그렇게

스몰 라이팅으로 시작합니다

21일, 60일이 지난 이후부터는 3페이지씩 그디음부터는 5페이지씩 이렇게 계속 늘려나갈 수 있게 되었다.

글쓰기도 마찬가지다. 내가 처음 글쓰기를 시작했을 때도 가장 먼저 감사하기 두 문장부터 시작했다. 책 두 페이지 읽기와 마찬가지로 두 문장을 쓰는 것도 큰 어려움과 시간이 걸리지 않아서 그런지 뇌에 큰 부담감을 주지 않아 쉽게 시작할 수가 있었다. 하루에 두 문장으로 시작해, 아침에 일어나서, 그리고 업무 중에 함께 일하는 직장 동료가 내게 도움을 줄 때 감사하다는 말과 함께 시간이 날 때마다 노트를 펼쳐서 2~3 문장으로 짧게 기록하였다. 그리고 하루를 마감하기 전에도 기록하다 보니 예전에 내가 두 페이지 독서를 했을 때처럼 2 문장 감사일기를 쓰는 것도 하루에 몇 번씩 반복할 수 있었으며 이는 더 이상 큰 어려움이 없는 작업이 되었다. 그리하여 감사일기 외에도 책을 읽고 내가 느낀 점이나 혹은 현재 내가 가지고 있는 고민거리나 문제점에 대해서도 글쓰기를 하게 되었다. 지금은 그 외에도 업무시간에도 글쓰기는 정말 내게 큰 도움을 주었다. 미팅 때 상대방이 했던 말, 내가 관리하는 업장에서 오늘 일어났던 일들을 나의 느낀 점과 함께 글을 쓰다 보니 자연스럽게 업무에 대해 다양한 각도로 많이 생각할 수 있게 되었으며 이는 좋은 선택으로 연결되었다. 특히 회의 때 아이디어를 내거나 내 개인적인 의견을 발표할 때 글쓰기를 통해 준비해 주었던 것들이 불쑥 튀어나오기 시작해 그 덕분에 많이 칭찬과 인정을 받게 되었다.

 한 달 전에 있었던 일이다. 이번 추석을 앞두고 구매팀, 물류 팀과 함께 미팅했었다. 올 추석이 임시 공휴일(2일)과 개천절(3일)까지 겹치는 바람에 6일 동안 휴무가 되어버렸다. 다른 사람들은 연속되는 휴무라 좋아하겠지만 우리 업종은 그렇게 되면 6일 치 물량이 한꺼번에 배송되어 나가게 되니 추석 전에 물류 팀에선 상당한 부담감과 어려움을 겪게 되기 때문에 마냥 좋을 수만은 없었다. 하지만 그것에 대해 '이번 명절 정말 큰일이겠는데'라는 말만 반복했을 뿐, 아무도 해결책과 해결 방안에 대해서는 아무 의견이 없었다. 하지만 나는 이번 미팅이 있기 며칠 전 일과를 마무리할 시점 글쓰기를 통해 이번 명절 건 물류 배송에 대해 원인과 해결책에 대해 미리 글쓰기를 통해 생각하고 있었다. 요약하자면 물량이 늘어나게 되면 추가 인원과 차량이 필요한데 인원은 운전할 수 있는 여분의 구매팀과 관리팀 지원이 필요했고, 차량은 우리 협력업체를 통해 차량을 명절 전날부터 시작해 당일 하루 오전까지만 빌릴 수 있으면 해결될 문제였다. 그렇게 나의 아이디어를 통해 명절날 물류팀은 큰 문제 없이 물류 배송을 제 시간 모두 고객사에 납품할 수가 있게 되었다.

스몰 라이팅으로 시작합니다

글쓰기에 대한 부담감을 느끼는 사람들에게 나처럼 하루에 감사일기를 두 문장 정도 쓰거나 오늘 있었던 일에 대한 간단한 생각을 두 문장으로 기록해 보는 것을 추천한다. 이렇게 시작하면 업무 효율이 향상되는 것뿐만 아니라 문제점에 대한 해결 방안이 떠오르기 시작할 것이다. 하루에 한 번 쓰기가 두 번, 세 번으로 늘어나고, 처음에는 두 문장이었던 것이 자연스럽게 세 문장, 네 문장으로 늘어나면서 어느 순간 글쓰기가 더 이상 어렵게 느껴지지 않을 것이다. 그저 시작해 보는 것이 중요하며, 작은 습관이 큰 성과로 이어질 수 있다는 것을 믿으며, 오늘도 끄적끄적 글을 써 본다.

3-6.
오티움은 나다움이다

_____ 이소윤 _____

"자신이 해야 할 일을 결정하는 사람은 세
상에서 단 한 사람 오직 나 자신뿐이다."라고 오손 웰슨은 말
했다. 20년간을 특수 부서에서 수술실 간호사로 근무하다가
5년 전 외과 외래로 발령을 받았다. 누구나 처음은 힘들겠지
만, 수술실 환경에 적응해 있던 경험과 지식은 새로운 부서에
서 당장 쓰임새가 없어 적응하는 데 시간이 오래 걸렸다. 그
것도 잠시, 수술실 간호사 경험은 다른 직원들보다 수술 전·
후 환자교육에 많은 도움을 줄 수 있었다. 환자가 병원을 방
문해서 퇴원까지 모든 것을 통제할 수 있었다. 화장실 갈 시
간도 없어 물 한 모금 마시지 않고 8시간 이상을 수술에 집중
하며 버텨왔던 시간이 있었다. 수술실에 비해 새로운 부서는
차 한잔 마실만큼의 여유는 있지만 삶이 즐겁지 않고 우울했

다. 오히려 여유로운 시간이 복잡한 생각과 근심으로 가득 찼
다. 점점 가족들에게 잔소리만 쏟아내는 마귀처럼 바뀌고 있
었다. 회색처럼 무채색 같은 의미 없는 하루를 살아가는 것
같았다. 여유 있는 시간이 처음으로 스스로 되돌아보는 시간
을 갖게 했다. 나는 누구이고, 무엇을 좋아하며, 무엇에 행복
해하는지 고민하게 되었다. 그리던 어느 날 우연히 〈부산큰솔
나비〉 독서 모임에서 나답게 살아가는 법, 작은 변화, 행복한
시작, 작은 글쓰기의 힘을 알게 되면서 조금씩 변화했다.

첫째, 독서 모임을 했다. 책을 읽고 소통하고 싶은 욕구가
강력했다. 일단 혼자서 책을 읽어보려고 여러 차례 시도했지
만, 작심삼일, 책 한 권을 완독하지 못했던 적이 있다. 그러다
가 우연히 〈부산큰솔나비〉 독서 모임에 초대받고 활동하면
서 조금씩 변화하기 시작했다. 책을 다 읽지 못하고 독서 모
임에 참여하더라도 다른 회원의 본 것, 깨달은 것, 적용한 것
을 들은 것만으로도 일명 '본, 깨, 적'이 가능했다. 듣고, 깨닫
고, 적용해 보려고 노력하는 순간 다음 독서 모임에는 나만의
한 문장이라도 찾아보려고 노력하기 시작했다. 책에서 한 문
장이라도 적어 보고 조금 더 나아가 '본, 깨, 적'을 시작하면서
'스몰 라이팅'이 시작되었다. 특히, 책 한 권을 읽고 나만의 메
시지를 전달하는 '원 포인트' 시간이 생각난다. 시나리오를 작
성하면서 글쓰기 능력이 더욱 향상되었다. 시나리오를 작성

하는 내내 고통스러웠지만 발표 내용을 듣고 감동하여 눈물 짓는 회원이 많았다. 다른 사람에게 감동과 메시지를 전달 할 수 있어 달콤한 행복을 느꼈다. 당시 정인구 선배에게 "발표 할 기회를 주셔서 감사합니다"라고 뿌듯함에 흥분했었다. 그 후 직장 내 독서 모임 〈PNUH sunny〉와 〈독서 Leader〉를 2년 연속하면서 다양한 장르의 독서와 '본 것, 깨달은 것, 적용한 것'을 꾸준히 적어 나가기 시작했다.

둘째, 쓰기 연습을 했다. 강지원 선배의 도움으로 2021년 여러 사람이 함께하는 2개월간 '글쓰기 습관 만들기'에 참여하게 되었다. A4용지 한 장에 다양한 이야기들을 매일 같이 써서 단톡방에 올려서 공유하는 것이었다. 혼자서는 도저히 글쓰기가 어려워 '글쓰기 습관 만들기'에 신청은 했지만, 막상 글을 쓰려고 책상에 앉으니, 머릿속은 새하얗다. 노트북의 깜박이는 커서만 우두커니 바라보기가 일상이었다. 하지만 지금 하지 않으면 평생 못할 것 같았다. 그냥 일상을 나열하듯 써 내려가고 마지막에는 내 생각, 깨달음으로 마무리했다. 부끄럽지만 용기를 내 글을 공유해 보았다. 매일 선배들과 함께 글쓰기를 하면서 점점 글을 잘 쓸 수 있을 것 같은 자신감이 붙었다. 매일 새로운 글감을 찾기 시작했고 독서 외에도 영화, 음악, 드라마에서 다양한 소재를 찾았다. 특히, 여행은 자동차에 연료를 충전하듯 글쓰기의 연료가 되었다. 글쓰기를 하는 동안 계속 즐거웠다. "아, 글감 찾으려고 작가들이 여행을 떠나는구나"라고 깨달았다. 요즘은 일상의 모든 것이 글쓰기의 주제로 떠올라 정인구 선배가 선물해 준 작은 노트에 메모하며 '주절주절, 끄적끄적' 써 내려간다.

　셋째, 시간 관리를 했다. 직장 생활과 가정을 돌보며 매일 글쓰기가 쉽지 않았다. 바쁘게 생활하다 퇴근 후 글쓰기를 하려고 책상에 앉은 순간 밀려있는 집안일들이 떠올라 마음이 불편했다. 앉았다 일어나기를 반복한다. 집중해서 글쓰기를 해 보려면 공기 빠진 축구공처럼 금방 몸과 마음은 축 늘어져 나도 모르게 침대나 소파에 고꾸라져 깊은 잠을 자게 된다. 글쓰기 시간이 부족하여 근무 중 자투리 시간에 조금씩 써보지만, 온전한 내 생각과 감정 표현을 적을 수가 없고 내용연결이 부자연스러워 불만족스러웠다. 글쓰기를 위해서는 주전자의 물이 서서히 데워지듯 글쓰기를 위한 충분한 예열 시간이 필요하다. 시간이 충분히 주어져야 편안하게 글이 써지는 것 같다. 최대한 글쓰기에 집중하고 다른 활동과 분리 할 수 있는 환경이 필요했다. 〈아주 특별한 아침(미라클 모닝)〉 새벽 4시 30분에 깊은 잠에서 깨어나 5시부터 다른 활동과 분리된 채 오롯이 나만의 시간으로 글쓰기에 집중할 수 있게 되었다. 이렇게 글쓰기를 위한 24시간 중에 새벽 1시간을 정해두어 매일 1편의 글쓰기를 완료할 수 있었다.

이처럼 '스몰 라이팅'을 시작할 수 있었던 방법은 독서 모임을 통해 책 속의 한 문장을 찾아 나만의 메시지를 만들어 전달하고 글쓰기 그룹에 참여하여 매일 글쓰기 연습을 했다. 특정한 날짜와 시간을 정해 시간 관리를 하면서 글쓰기의 집중력을 높였다. 최근에는 백건필 작가의 〈생각의 별〉 수업을 통해 7문장 템플릿과 문예 창작 수업을 들으며 다양한 장르의 글쓰기에 도전하고 있다. 처음부터 완벽하게 쓰지는 못하지만 일단 템플릿 형식에 맞추어 글쓰기를 한다. 완성된 글은 백건필 작가의 피드백을 통해 다시 수정·보완하여 완성도를 높였다. 처음으로 솔직하고 군더더기 없는 피드백을 받고 얼굴과 귀까지 빨개져서 쥐구멍이라도 숨고 싶은 마음이 한가득하였다. 하지만 완성도 높은 글을 쓰기 위해서는 피드백이 꼭 필요하다는 것을 알게 되었다. 작은 변화, 행복한 시작, 작은 글쓰기의 힘인 '스몰 라이팅'은 오티움이다. 왜냐하면 오티움은 나다움이기 때문이다. '오티움(Otium)'은 라틴어로 크게 세 가지의 사전적 의미가 있다. 여가, 은퇴 후 시간 그리고 학예활동이다. '스몰 라이팅'은 최고의 나를 만나는 시간이다. 글쓰기는 온전하게 나답게 살아가는 여가, 휴식의 시간이 되었다. '스몰 라이팅'은 돈 안 들고 평생 즐거움을 만끽할 수 있는 나다움을 찾아가는 시간이다. 작은 변화, 행복한 시작 작은 글쓰기의 힘을 믿는다.

3-7.
행복한 글모닝! 함께, 더 멀리

이하루

"하루의 가장 달콤한 순간은 새벽에 있다."

— 윌콕스

글모닝! 하루의 시작을 글쓰기로 시작한다면 어떤 일이 생길까? 육아, 가정, 직장 생활을 하면서 꾸준히 나만을 위한 시간을 가지기 쉽지 않다. 하지만 새벽 시간은 비교적 다른 책임들로부터 자유로운 시간이다. 그렇기에 글쓰기를 하고 싶다면 새벽 시간을 권한다. 하지만 혼자 의지로 새벽 기상을 하고 글쓰기를 하기란 정말 쉽지 않다. '함께, 더 멀리!' 친구와 함께하거나 미라클 모닝을 해도 좋다. 그래야 더 즐겁고 '행복한 글모닝!'이 될 수 있다. 이렇게 꾸준히만 한다면, 그 글들이 모여서 자연스레 '나만의 무기'가 되어 줄 것이다.

'모닝 페이지, 새벽 글쓰기로 하루를 시작!' 고요한 새벽, 글쓰기 루틴으로 하루를 시작한다. 하루의 첫 시작을 나와의 싸움에서 이기고 나면 자존감이 올라간다. 또한 새벽 시간의 매력은 전날 일찍 수면에 취하게 되어, 저녁 시간도 관리해 준다. 저녁 시간을 관리하려면 과음은 할 수 없게 되고, 수면 준비를 위해 부지런히 하루를 마무리할 수밖에 없다. 덕분에 새벽을 시작으로 알찬 하루를 마무리하여 '건강하고 질적인 하루'를 살게 한다. '다꿈스쿨의 청울림'도 새벽 기상 덕분에 일상을 선순환시켜 많은 업무량을 소화했다고 말한다.

첫 번째로 '감정일기'이다.

간호사 일을 하면서 감정노동이 심해 마음 스트레스가 심했다. 그럴 때 도움 된 게 감정일기이다. 감정일기는 마음속 감정 쓰레기를 비워내는 일기이다. 누구나 바쁜 일상, 업무 후 남아있는 불편한 감정과 잡념들이 있을 것이다. 그런 것들을 모두 써 내려간다. 아무런 규칙도 평가도 없다. 자유롭게 원 없이 써 내려가고 나면 머릿속이 비워지면서 마음이 차분해진다. 이는 온갖 잡념과 나쁜 감정을 비워내고 온전히 '나'를 마주할 수 있게 도와준다. 과거, 아픔, 감정일기, 사건·사고들을 기록으로 써보자. 상처를 내보내고 마음을 비우기 위함이다. 마음속에 남겨진 상처는 '내 마음을 갉아먹을 뿐'이다. 마음 그릇이 건강해야 '나의 우주'를 담을 수 있다.

스몰 라이팅으로 시작합니다

두 번째로 '관찰일기'이다.

이는 반복해서 불편한 상황이 생길 때 유심히 관찰하는 일기이다. '처음엔 별거 아니잖아?' 싶을 정도로 별거 아니지만, 관찰이 반복되면 말이 달라진다. 반복된 관찰 속에서 문제를 발견하게 되기 때문이다. 그리고 문제와 관련된 주변 상황변수를 관찰하고 나열해 보자. 혼자서 계속해서 질문을 던지기도 한다. '어디서부터 잘못되어 왜 이런 거지? 결국 시작점, 원인은 뭐지?' 이렇게 깊은 고민 끝에 문제정의를 할 수 있다. '관찰과 고민'은 거창하지도 까다롭지도 않다. 다만 불편해 보이는 사람들이 행복해지기를 바라는 진심이 담겨야 제대로 할 수 있다.

병원에는 수십 년간 고질적인 인력 문제가 있다. 매년 병아리 신규 간호사들 교육에 병원은 비상이다. 생명을 돌보는 일을 하니 적응 과정이 결코 쉽지 않다. '주니어-시니어-수간호사' 모두의 마음이 다 이해가 되고 안타까웠다. 그저 답답한 악순환에 머리가 아플 뿐이다. 거의 10년간 이 과정을 지켜보면서 원인에 대해 고민하고 관찰했다. 그러던 중 우연히 정부 지원사업에 대해 알게 되었다. 나는 병원 특성상 수시로 업무지침이 바뀌는 간호 현장의 문제해결을 위한 내용으로 도전했다. 아무것도 몰랐기에 무모한 도전이라 싶었지만, 나의 진심이 통했는지 감사하게도 합격했다. 그리고 '미지의 세계'에서 새로운 도전을 하면서 스스로가 얼마나 부족한지 배우고, 귀인들을 만나는 감사한 기회를 가졌다. 이 모든 과정이 간호사들이 행복해지길 바라는 마음으로 해왔던 '관찰과 고민' 덕분에 가능했다.

세 번째로 '문제해결을 위한 글쓰기'이다.

'나만의 질문노트'를 가지고 서점에 가서 자유롭게 책을 읽어 보자. 살면서 문제가 풀리지 않아 답답한 경험을 누구나 한다. 그럴 때마다 답답한 상황과 질문을 노트에 써 보자. 그리고 5개 이상 모이면 서점에 가자. 키워드를 가지고 자유롭게 서점에서 잡히는 대로 책을 읽는다. 정독을 하지 않아도 재밌게 '책 놀이터'라 생각하고 즐긴다. 그러다가 우연히 자연스레 영감을 얻게 된다. 이를 실제로 일상에서 발생하는 문제해결에 직접 적용하면 진정성이 담길 글을 쓸 수 있다. 본인이 직접 경험한 내용이기 때문에 글이 편하고 재밌게 써진다. 서점에 간다고 해서 완벽한 솔루션을 찾을 순 없다. 하지만 문제해결을 위한 작은 단서와 아이디어 영감을 충분히 받을 수 있다. 다만 부담 없이 즐거운 마음으로 가야 더 즐길 수 있다. 뭐든 항상 편하고 즐거워야 오래 할 수 있다.

여기까지 소소한 글쓰기 팁(Tip)을 알아봤다. 이젠 꾸준한 글쓰기를 하려면 어떻게 하면 좋을까? 역시 함께의 힘! 책 읽는 사람 환경 만들기이다. 대표적으로 독서 모임이다. 독서 모임은 다양한 사람들을 만날 수 있다. 책을 싫어하는 사람, 책을 너무 좋아하는 사람, 독서 고수, 감성 문학 글쓰기, 사업 아이디어, 슬기로운 직장 생활을 위해 공부하는 사람들까지 아주 다양하다. 나는 〈부산큰솔나비〉 독서 모임에 참여한다. 전국에 300여 개 '나비(나로부터 비롯되는 선한 영향력)' 독서 모임이 있다.

독서 모임이 부담스럽다면, 가볍게 주변 사람들과 함께해 보자. 지난 독서 모임에 《세이노의 가르침》이 모임 책이었다. 책 자체가 양이 많아 부담스러웠지만, 실용적인 내용이라 적용하는 게 중요했다. 그래서 같이 운동하는 언니에게 선물하면서 읽고 적용해 보자고 권했다. 장기간 프로젝트다. 혼자라면 힘들지만 함께하며 즐길 수 있는 환경을 만들었다. 즉 할 수밖에 없는 환경을 만드는 것이다.

지금 하고 있는 〈스몰 라이팅 공저 프로젝트〉도 마찬가지이다. 독서 모임 간호사 선배들과 함께할 수 있어 기쁜 마음에 바로 신청했다. 하지만 막상 해 보니 글쓰기 마음 장벽 때문에 한 글자, 한 글자 써 내려가는 게 너무 힘들었다. 인위적이고 부자연스러워서 몇 번이고 글을 엎었다. 무엇보다 내 이야기를 공개적으로 쓴다는 게 막상 용기가 나지 않았다. 원고 제출을 마감 기한을 넘기는 등 우여곡절이 있었지만 쓰는 과정에서 나를 성찰하는 계기가 되었고 협력의 중요성을 배우는 기회가 되었다. 팀원들에게 진심으로 감사한다.

만약 이도 저도 다 힘들다 싶으면, 습관 커뮤니티에 참여하는 것도 좋다. 병원생활로 지쳐 자기 계발을 하기 어려울 때 '청울림의 다꿈스쿨'에 가입한 적이 있다. 병원생활의 권태감을 느낄 무렵, '나인해빗 습관커뮤니티'는 나의 일상에 활력이 되었다. 새벽 기상, 글쓰기, 독서, SNS, 부동산, 주식, 달리기, 운동 등 다양한 '하루의 스몰스텝'을 경험했다. 또한 함께하는 '습관 메이트'가 있기에 끝까지 완주하게 도와준다. 성장환경에 자동 노출되어 그들의 에너지를 자연스레 따라가게 된다. 그 과정을 글로 쓰면 성장 스토리가 된다. 실제로 나인해빗, 내가 속한 조는 조원들끼리 서로 이끌어 주면서 결국 '위너 팀'이 된 적이 있다. 위너 팀이 되려면 '혼자가 아닌 함께의 결과'를 만들어야 하기에, 조원 모두 습관 완주를 해야 한다. '함께의 힘'으로 결국 끝까지 해낸 행복한 경험이었다.

3-8.
용기있는 '스몰 라이팅'을 시작한다

이현정

"글쓰기는 용기 있는 행동이다." 타네히시 코츠의 명언이다.

내 아이가 학교에서 용기 있게 손들어 발표하기를 바라는 엄마였다. 아이에게 당연한 것이 절대 당연한 것이 아니었다. 내 글을 누가 볼까 봐. 글쓰기가 두렵다. 우당탕 공저 책을 함께 하기로 약속한 날 이후 두려움은 컸지만, 함께하는 독서 모임 선배들의 도움으로 한 걸음 한 발짝 걸어보기로 했다.

백건필 작가 오프라인 수업에 참여할 기회가 있었다. 처음 참여한 수업은 머릿속 새로운 바람이었다. 딱딱하게 굳어진 뇌를 말랑말랑하게 해주는 수업이었지만, 독서의 인풋이 없으니, 아웃풋을 내기가 힘들었다. 수업하는 동안 창의적 단어나 아이디어가 잘 생각나지 않아 힘들었다. 부족한 독서량 탓을 하며 반성했다. 그래서 시작한 작은 실천이 '감사일기'와 '관찰일기'다. 행복한 우리를 찾기 위해서는 작은 감사 나눔부터 실천해야 했다. 감사한 마음을 한 줄 일기로 써보는 것이다. 20년 전 육아에 지쳤을 때 한 줄 일기를 쓸 줄 알았다면 지금 더 편안해지지 않았을까 생각한다. '후회는 하지 말자'라는 가치관을 가진 나다. 지금이라도 실천하면 된다. 후회는 없다. 이제라도 한 줄 감사일기를 적는 습관을 지닐 수 있음에 감사하다.

2023년 10월 16일 월요일. 번개 일정으로 지리산 일박이일 여행을 갔다. 10년째 둘째 아이 학부모로 만난 사이다. 갈맷길 걷기, 여행 가기 등 함께한 시간 동안 웃음과 행복한 이야기를 감사일기에 남긴다. 함께하는 모든 사람과의 추억들이 소중한 인연이 된다. 감사일기를 적으면서 무심코 다른 사람들이 베풀어 준 감사를 잊고 있거나 느끼지 못하고 있는 나를 발견한다. 당연한 것이 아닌데 당연한 줄 알았다. 나의 20살 때와 대학생이 된 딸아이의 20살은 다르다. 20살 딸아이는 엄마, 아빠에게 쓰는 편지나 쪽지 하나에도 감사함과 고마움을 잘 표현한다. 딸아이에게 어버이날 받은 편지다.

"당연하다고 생각했던 것들도 결국 당연하지 않게 되는 날이

스몰 라이팅으로 시작합니다

오더라고요. 당연하다는 듯이 엄마가 차려주시던 밥을 먹던 그 순간이, 당연하다는 듯이 아빠와 차를 타고 고등학교에 갔던 그 순간이 결국 언젠가 잊혀질까 봐, 그게 난 이제 너무 두려워요. 돌아오지 않을 이 모든 순간을 온전히 즐기고 자연스레 흘려보낼 수 있는 나로 성장할 수 있었으면 좋겠습니다. 이번 생은 엄마와 아빠를 만났다는 이유만으로도 이미 모든 행운을, 모든 복을 다 썼다고 자부할 수 있어요. 제가 생각보다 더 많이 아니 이 세상에서 가장 많이 사랑해요."

아직도 딸아이 편지를 읽을 때마다 가슴이 뭉클하다. 유독 생각이 깊은 아이라서 그런지 글 적는 마음이 남다르다. 감동할 때가 많다. 고등학교 때 대학입시를 앞두고 수시 접수 후 적은 카톡 글도 잊지 못한다.

"나는 여전히 불안전하지만 배우고 싶은 게 많고, 경험하고 싶은 일들도 많아요. 솔직히 망했다고 생각했던 내 삶에 지금까지 이렇게 열정이 남아 있을 수 있는 건 모두 부모님 덕분이라고 생각해요. 분명 나를 많이 그르쳤지만, 그만큼 나에게 큰 힘이 되어 주시기도 했음에 여러모로 감사해요. 특히 내가 포기하고 싶을 때마다 다시 일어설 수 있게끔 옆에서 믿어주셔서 정말 감사했어요. 나는 이런 과정으로 얻은 바를 통해, 결과가 좋지 않더라도 내가 가고 싶은 길을 또다시 찾을 거고, 쉽게 무너지지 않을 것임을 확신해요. 지금의 내가 되게 해줘서 고마워요. 이제 진짜 피 말리는 석 달이 시작되네요."

MZ세대 아이들이 자기를 제일 소중하게 생각하는 마음이 남다르지만, 나는 그 마음이 제일 중요하다고 생각한다. 내 또래나 윗세대들은 부모와 함께 생활하는 사람이 많아서 그런지 남을 배려하는 마음이 많다. 남을 생각하는 마음도 중요하지만, 제일 중요한 것은 '나' 자신이다. 엄마가 행복해야 자녀도 행복할 수 있듯이, 내가 행복해야 웃게 되고 긍정에너지를 줄 수 있다. 결국 내가 행복해야 다른 사람도 행복하게 할 수 있다. 그래서 선택했다. 독서 모임을 함께 하는 선배들과 함께 공저 책을 출간하기로 했다. 부족하지만 경험하지 못한 글쓰기를 하기로 마음먹었다. 두서없이 적을 글이 부끄럽기도 하지만, 글쓰기 도전에 용기를 낸다.

둘째 아들은 이번 주가 시험 기간이다. 공부와 학습 태도가 제대로 갖추어져 있지 않아서 성적은 좋지 않다. 아들은 공부 말고는 모든 것이 행복하다. 친구 관계, 학교 분위기, 고등학교 생활, 심지어 여자 친구까지 있어서 무지 행복하다고 입버릇처럼 말한다. 시험 점수는 기가 차다. 30점, 40점 성적을 보고 50점 만점인 줄 착각한 적도 있다. 주변 지인들은 잘못된 육아를 했다고 지적한다. 영진 엄마는 "학습 태도가 안되면 몽둥이 들고라도 앉혀서 가르쳐야지, 엄마가 너무 착하다."고 난리다. 틀린 말은 아니다. 둘째라서 마냥 귀엽고 이쁘기만 한데 성적이 나올 때면 나 또한 멘붕이 온다. 이율배반적으로 착한 엄마 코스프레에서 벗어나고 싶은 마음이 가득하다. 그렇다고 공부 안 하는 아들을 몽둥이 들고 공부시킨다고 학습 태도가 바뀔까?

공부로 아들이 마음에 상처받았다면 제대로 된 교육이라고 할 수 있을까? 내가 진정으로 원하는 것은 열정을 갖고 끊임 없이 도전하는 마음을 갖는 것이다. 살면서 책 읽기와 글쓰기 만이라도 한다면 성공한 인생이라고 생각한다. 내가 만약 독서 모임에서 선배들 귀동냥으로 들은 따뜻한 말들과 격려가 없었다면 못난 엄마의 못된 말로 아들에게 끊임없이 상처를 주고 있었을 것이다. 지금도 아들 공부 습관이나 성적은 아쉬움 가득하고 안쓰럽다. 그리고 욕심도 생긴다. 아들 나이를 지나온 엄마인지라 아들이 학생의 본분인 공부를 조금만 더 성실하게 열심히 한다면 더 많은 기회를 가져갈 수 있음을 현실적으로 알기에 안타깝다. 훗날 아들이 늦은 나이에도 책 읽기를 게을리하지 않고, 뭔가를 배우려는 습관이 몸에 익혀지기를 바란다. 내가 뒤늦게 깨달은 독서와 글쓰기를 아들에게 일찍 경험하기를 바라는 마음이다.

글을 적는다는 것은 '평정심'을 갖고 내 마음을 다스릴 수 있는 에너지를 만들기 위한 것이다. 세상에서 가장 소중한 존재는 '나'다. 바쁘다는 핑계로 소중한 존재가치로 생각해야 하는 나를 잊어버리면 안 된다. 글을 쓴다는 것은 오로지 나에게 집중할 수 있는 시간을 만드는 것이다. 나에게 집중하게 되면 나와 연결된 모든 것들을 관찰하고 감사하게 될 것이다. 다른 사람이 아닌 나를 위한 소중한 시간을 마련해 보자. 그 속에서 항상 글 쓰는 나를 발견할 수 있을 것이다.

스몰 라이팅으로 시작합니다

3-9.
'스몰 라이팅', 작은 것부터

정희정

　　기록의 중요함은 누구나 알 것이다. 서랍을 정리하다 보면 작은 메모, 편지, 카드를 발견해서 읽는 경우가 있다. '이런 글을 내가 썼어? 이런 글을 받은 적이 있구나!' 하고 신기할 때가 많다. 그 모든 것이 모이면 글이 되고 시간이 지나면 추억이 된다.

　글을 쓸 때 어떤 내용으로 쓸지 시작하기가 어려운 경우가 많다. 나도 마찬가지다. 일기를 쓸 때 하고 싶은 말은 많은데 막상 쓰려고 하면 잘 써지지 않아 머뭇거린다. 쓰기가 잘 안 되니 처음에는 그날그날 했던 일들에 대해 시간순으로 메모하는 습관을 지녔다. 메모하다 보니 꼼꼼하게 메모하는 습관이 생겨서 어떤 일을 했는지 떠올릴 때 무리가 없다.

가족과 여행, 그날의 행사 등 기억을 떠올릴 경우가 많은데 '그때가 언제였지', '거기가 어디였지' 헤매는 경우가 많다. 잘 기억하기 위해서 여행 갈 때 지명을 알려 주는 곳에서 사진을 찍고 행사 알려주는 사인물을 배경으로 사진을 남기는 것도 한 방법이다.

요즘은 글을 쓸 수 있는 앱이나 여러 가지 활용할 수 있는 아이템들이 많으니 쓰고자 한다면 모든 것이 도구가 된다. 꾸준한 기록이 어렵고 도구가 없다면 손에 쥐고 있는 핸드폰을 이용해도 좋다. 주말 가족끼리 함께 할 때나 특별한 행사가 있을 때 밴드를 이용하는 편이다. 밴드에 사진을 올리고 일기를 적는다. 그날의 일들, 감정, 일어났던 이벤트 등을 쓴다. 잠시 잠시 쓴 글들이지만 시간이 지나 읽으면 이보다 더 재미있는 글을 본 적이 없다.

'내 경험담보다 뛰어난 글은 없다'라는 말을 들은 게 기억난다. 꾸준히 써 온 밴드가 가족의 여행책이 되고 나의 인생 책이 되었다. 혼자서 꾸준히 실천하기 어려운 경우에는 팀을 만들어 습관을 형성해 나가는 것도 한 방법일 것이다. 책을 쓰기 전 글 쓰는 연습부터 하기 위해 직장 독서 모임에서 《거인의 어깨》를 한 페이지씩 써서 올리고 있다. 처음에는 부끄러워 올릴 수가 없었다. 쉽게 생각했던 한 페이지도 쓰다 안 쓰나 했시만, 꾸준히 글을 써서 올리는 분의 글을 보고 자극을 받아 계속 실천하게 되었다. 어렵지만 한 걸음 한 걸음 하다 보면 그 한 걸음이 쉬운 날이 오게 될 것을 믿는다. 쓰다 안 쓰 다 하더라도 써야 한다는 생각이 무의식중에 자리 잡으면 내 가 보는 것들이 글감이 되고 더 관심을 가지게 되니 일상이 즐 거워지기 시작했다.

글을 써보니 아무도 나에게 관심이 없는데 나만 다른 사람 의 시선을 의식하고, 신경 쓰는 것이 많다는 것을 알게 되었 다. 남을 위한 글이 아닌 나의 글을 쓰는 것이 먼저라는 생각 이 든다. 또 솔직한 글을 위해서는 올바르게 잘 살아야지 하 는 마음가짐도 생기게 된다. 8월부터 직장인 책 쓰기 정규과 정을 듣고 있다. 표현을 잘하고 싶고 맛깔나는 글을 쓰고 싶 은 욕심으로 듣고 있는데 참으로 어렵다. 책 쓰기 수업을 들 으면서 글을 쓰는 데 많은 방법이 있다는 것도 알게 되었다. 글을 쓰고 싶은데 잘 안된다면 책 쓰기 수업을 들어보는 것도 추천한다. 반복해서 수업을 듣다 보니 이미 내가 여러 권을 출판한 것 같은 기분 좋은 착각을 하게 된다.

이래도 어렵고 저래도 어렵다면 작은 수첩이든 휴대전화든 메모하는 습관부터 만들면 좋겠다. 접근성이 좋고 언제든지 편하게 이용할 수 있어야 글 쓰는 데 어려움이 덜할 것이다.

꾸준하게 지속하는 것이 힘들 때 가족 단체 대화방을 이용하거나, 나에게 쓰기를 애용하고 있다. 글을 쓰면 하루가 정리된다. 더불어 내일의 계획도 세우고 나를 계획하는 시간도 덤으로 가지게 되는 장점이 있다.

사람마다 성향이 다르니 도구를 사용하는 방법도 천차만별일 것이다. 아무리 많은 도구가 있어도 결국 종이에 써야 하고 자판은 눌러야 한다. 음성으로도 글을 적을 수 있으니 가리지 말고 시작해 보자. 어렵지만 한 글자 한 글자부터 시작해 보자. 하려는 마음이 중요하다.

아날로그식으로 흑심이 종이와 만나 서걱서걱하며 글자가 써지는 느낌이 좋아 노트에 적기도 하지만, 적는 것보다 자판을 두드리는 것이 더 편해 최근 아이패드를 샀다. 아이패드 앱 중에 굿노트는 기록하기 좋다. 교육을 들을 때, 일기를 쓸 때, 메모할 때 두루두루 편리하다. 아이패드는 자판을 입력해도 되지만 펜으로 적을 수도 있다. 다양한 선택이 가능하다. 아이패드라는 신기술에 감탄할 따름이다. 편리한 도구 하나만 있으면 쓰는 일이 즐거워지고 행복해진다. 자판을 보면 두드리고 싶어진다. 뭐라도 쓰기 위해서.

모든 게 그렇듯 글쓰기에도 지름길은 없다. 오늘 하루 있었던 일, 여행, 가족 간의 추억 등 한 줄의 글이라도 써 보는 것이 중요하나. 쓰는 방법은 많다. 밴드, 메모, 일기, 블로그, 음성기록, 아이패드 등. 아직 초보 작가라 배울 게 한둘이 아니다. 졸리는 눈꺼풀을 억지로 끌어올려 글쓰기 코치 수업을 듣는다. 세 줄 일기도 써본다. 메모 수첩을 늘 들고 다니며 메모 습관을 들이려 노력한다. 독서 모임에 참석해 독서도 한다. 글이 마음에 들지 않아 썼다 지우기를 반복한다. 오늘 쓴 글이 어제보다 나을 거라는 믿음으로 오늘도 키보드를 토닥이며 작은 글쓰기를 시작한다.

4장

나는 글 쓰는 삶을 꿈꾼다

4-1.
퇴직 후 글 쓰는 삶을 꿈꾼다

———————————— 강준이 ————————————

　　미루나무 잎이 바람에 춤추는 한낮이다. 까치는 은행나무 꼭대기에 앉아서 기쁜 소식이 오는 집을 향해 지저귀고 있다. 솔솔 부는 바람결에 아이들의 뛰노는 소리가 청명한 시골의 마당 모습이 정겹다. 새참 식사를 끝낸 아낙들이 밭에 줄지어 앉아 풀을 뽑으며 머리에 두른 수건을 살짝 내리며 이마의 땀을 닦는다. 십 대 시절 내 고향의 여름방학 모습이다. 동생을 데리고 엄마가 밭일을 하는 마을 집 마당에서 놀고 있었다. 엄마는 막내를 내 등에 업혀주고 품앗이 콩밭을 매고 있었다. 나는 뒷동산 소나무 가지에 앉아서 책을 읽고 싶은 마음을 애써 달래며 동생을 업어주었다. 저녁이 되어 엄마가 집에 오면 얼른 책을 가지고 뒷동산 소나무 가지에 앉아서 책을 읽었다. 나는 책 읽는 것을 좋아하는 시골 아이였다. 국어 시간이 좋았고, 책을 낭독하는 것이 즐거웠다. 중학교 졸업 후 부산에 와서 주경야독하며 책 읽는 것을 점점 멀리하고 있었다.

뜨거운 뙤약볕 아래에서 머리에 수건을 두르고 콩밭 매는 아낙의 삶이 아닌, 성공한 여자로 살고 싶어서 부산에 왔는데 삶은 호락호락하지 않았다. 성공하는 것이 무엇인지 명확하게 알지 못하고 간호사가 되었다. 그것도 대학병원의 수술실 간호사가 된 것이다. 비릿한 피 냄새와 발등에 떨어진 피가 발등을 타고 슬리퍼 바닥으로 흘렀다. 발에 빨간 양말을 신은 것처럼 변한 발을 샤워실에서 떨리는 손으로 문질러 닦았다. 밤새워 응급수술을 하고 나면 머리가 복잡해졌다. 차라리 미루나무 잎 소리 바스락거리는 시골에서 콩밭 매는 일이 더 행복할지도 모르겠다는 생각이 들곤 했다. 시간이 지나 경력이 쌓일수록 수술이 더 복잡하고 어려운 과로 이동을 해야 했다. 그리고 까다로운 교수의 수술에 동참해야 했다. 중압감의 스트레스가 역치에 오를 무렵부터 다시 책을 찾았다. 책 읽으며 저자의 마음속을 훔쳐보노라면 수술실 업무의 중압감을 조금은 잊을 수 있는 시간을 가질 수 있었다.

〈부산큰솔나비〉 독서 모임 창립일에 운명처럼 회원이 되는 행운을 얻어 참여하게 되었다. 하늘에서 두레박이 내려와서

스몰 라이팅으로 시작합니다

내가 올라탔을까? 아니면 튼튼한 동아줄을 잡고 올라갔을까? 나는 동화책의 하늘나라보다 더 행복한 독서 모임에 안내된 것이나 다름없었다. '선배님'이라 호칭을 부르면 다양한 직업과 나이가 들쭉날쭉한 사람들이 모두가 선배님이 되었다. 우리는 같은 책을 읽고 '본깨적'을 하였다. 보고, 깨닫고, 적용하는 것이 습관이 된 선배들에게서 뿜어져 나오는 아우라는 점점 서로에게 튼튼한 울타리가 되어 주었다. 서로의 선한 영향력을 듬뿍 받다 보니 성장의 속도가 보이기 시작하였다. 선배들의 눈부신 성장의 결과 태어난 작품이 책으로 출간되어 출판 기념회가 자주 열렸다. 나는 축하하는 자리에 가면 기꺼이 기뻐해 주고 축하하며 작가가 된 선배님이 부러웠다. 그러면서 서서히 그들 곁으로 바싹 다가가고 있었다.

선배들이 다녀온 글쓰기 수업에 대한 이야기를 듣고 나도 등록하였다. 늦게라도 참여하여 배우다 보니 막연하게 가졌던 글쓰기에 대한 두려움이 옅어져 갔다. 글쓰기 교실에 혼자서 갔으면 십중팔구 중도에 그만두었을 가능성이 크다. 다행스럽게 〈부산큰솔나비〉 독서 모임 선배들과 같이 글쓰기 수업을 한 덕분에 지속할 수 있었다. 지금도 수업은 진행 중이다. 내가 이렇게 글쓰기를 하고 있는 것에 가장 영향을 준 것은 독서 모임에 지속적으로 참여한 덕분이다. 초등학생으로 비유하자면 6학년을 졸업한 것이나 마찬가지라고 말하고 싶다. 그 다음은 글쓰기 교실에 참여하여 글쓰기에 대해 배운 것이다. 혼자서 하는 것보다 거인의 어깨에 올라가서 보니 시야가 넓어져서 보이지 않던 것, 모르던 것을 볼 수 있고, 알게 되었다. 마지막으로 지속적으로 글을 써서 공개하는 것이다. 매일 새벽에 〈아주 특별한 아침〉 모임에 과제가 명상, 모닝저널 쓰기, 독서 중에 모닝저널을 게시하는 것이다. 매일 빠지지 않고 쓰고 게시하다 보니 어느새 나는 매일 글을 쓰고 있었다.

글쓰기 시작하고부터 삶이 즐거워졌다. 그렇지만 글쓰기 절대 호락호락하지 않다. 수업 참가 후 실전 연습을 할라치면 막막한 적이 많다. 마치 아기가 걸음마 시작하는 것처럼 기본 실력이 없어서 내가 쓴 글이 무슨 내용인지 핵심은 흐려지고 횡설수설 쓰기를 반복하였다. 그럴 때마다 강사는 수업 참여만 하는 것도 대단하다며 좋은 말을 하며 힘을 주었다. 그러면 이내 글쓰기를 다시 시작할 수 있었다. 걸음마 단계를 지나 지금은 걷기가 자유로워 산책, 나들이 가는 정도로 즐거움을 느끼고 있다. 무엇보다 시간이 즐거워 지겁거나 따분한 기분을 느낄 틈이 없다. 이렇게 즐기다 보면 어느 날 산책을 넘어 등산도 가게 되고, 마라톤도 할 수 있는 날을 맞이할 것이라고 믿는다.

나는 정년 후에 글쓰기 하며 제2의 삶을 살 계획이다. 책도 읽고, 글도 쓰는 미래의 나의 모습을 그려본다. 아침 일찍 다대포 갈매길 산책 후 가족들과 아침 식사를 정갈하게 하고, 독서와 글쓰기를 하며 오전 시간을 보낼 것이다. 오후에는 PT를 받으며 건강 유지도 잘 할 것이다.

글 쓰는 삶 살기를 실천하면서부터 좋아진 것 중의 으뜸은 숙면을 취하는 것이다. 글을 쓰다 보면 쌓였던 스트레스가 나도 모르게 스르르 눈 녹듯이 없어지는 경험을 한다. 근심 걱정, 불안이 없어졌다. 그러니 나는 숙면을 누리는 것이다. 숙면을 맘껏 누리고 새벽에 일어나면 몸이 새털처럼 가볍다. 점점 더 건강해지는 것을 실감한다. 얼굴도 맑아지고, 피부도 윤이 나는 느낌이다. 세수할 때 손이 얼굴에 닿으면 느껴지는 감촉이 좋다. 피부도 좋아졌다. 글쓰기를 늦게 시작한 것이 약간 아쉽지만 그래도 다행이다. 지금이라도 하고 있으니 행운이 많은 사람이다. 나의 이 작은 글을 읽는 독자에게 감히 말할 수 있다. "글쓰기 하세요. 그러면 행복과 건강이 덤으로 따라옵니다."라고.

4-2.
인생은 예측불허, 과연 나만의 무기가 있는가?

김도연

　　중학교 시절 "이모!《아르미안의 네 딸들》
나왔어요?"라며 만화방을 수없이 들락거렸다. 동갑내기 사촌
과 밤새 두근거리는 가슴으로 만화책을 읽다 베고 잤던 걸작
만화책이 있다. 바로 마법 같은 신일숙 작가의 《아르미안의
네 딸들》이다. 야속하게도 만화책은 한 달에 한 권 나올까 말
까 했다. 완결편은 대학교 2학년 때 나왔으니 10여 년이 걸린
셈이다. 딸 4명 사랑 이야기 중 막내딸과 죽음의 신(에일레스)
과 러브스토리를 상상하며 긴 세월을 애틋함으로 보냈다. 가
슴에 남는 만화책 한 구절이 인생 명언이 되었다. "인생은 언
제나 예측불허, 그리하여 생은 그 의미를 갖는다."라는 말이
다. 명언 장면은 복사해서 영어 사전 표지로 만들었다. 영어
사전을 베고 책상에 엎드려 자면서도 글귀를 음미하며 보고

또 보고 그렇게 삶의 화두가 시작되었다.

40대 삶에서 '인생은 예측불허'라는 것이 체화되어 인정하게 되었다. 그동안 애쓰며 노력하는 삶으로 30대면 충분하다. 40대는 노력만 하기에는 에너지가 부족하고 회복이 더욱 힘들다. 앞으로 남은 인생은 지혜를 알아차려 에너지를 잘 쓰고 싶다는 생각이 들었다. 우연을 기회로 해결하여 성공 지혜를 안내해 주는 세렌디 마스터가 되고 싶다. 세렌디 마스터는 나의 비전이다. 흔히 행운은 우연히 온다고 생각하지만, 결코 우연이 아니라고 말하고 싶다. 행운 본질은 필연적이며 느낌으로 끌어들일 때 무한한 에너지가 있다. 무한 에너지를 자유자재로 사용하며 애쓰지 않는 무위의 지혜를 나누고 싶다. 이것이 세렌디 마스터가 되고 싶은 이유다.

세렌디 마스터는 '세렌디피티(Seredipity)'라는 가장 아름다운 영어 단어 중 1개에서 착안한 것이다. '세렌디피티'란 운 좋은 발견이나 뜻밖의 발견, 즉 '우연을 붙잡아 행운으로 바꾸는 힘'을 말한다. 대표적인 과학 사례는 페니실린, 포스트잇, 비아그라 발견 등이 있다. 마크 저커버그, 오바마, 스티브 잡스 등 거장들도 세렌디피티 힘을 인정했다, 할리우드 영화나 BTS 노래도 있다. 행운은 우연히 오는 것이 아니다. 평소 준비하고 노력하지 않으면 아무리 우연이라는 행운이 찾아와도 알아채지 못한다. 언제라도 행운을 붙잡을 수 있는 마음가짐, 안목이 중요하다. 행운을 행동으로 연결하는 준비된 마음이 있을 때 붙잡을 수 있다. 행운을 우연적 현상으로 보면 지혜를 발견할 수 없다.

우연과 필연 차이점은 원인 유무에 따라 다르다. 원인 없이 일어난 것은 우연이고, 원인이 있고 일어난 것은 필연이다. 에디슨은 "천재는 1% 영감과 99% 노력으로 이루어진다"라고 말한다. 오히려 1% 영감이 있을 때 99% 노력이 빛을 발하는 것을 강조했다. 노력은 누구나 할 수 있지만, 인생을 바꾸는 것은 단 1%의 영감인 것이다. 성공의 법칙 중 잠재의식의 힘이 중요한 것을 알았다. 풍요로운 삶은 애쓰지 않아도 그냥 하는 본성을 발견하는 것이다. 내면 평화를 유지하는 것이 힘의 원천이고 소망을 이루는 방법이다.

최근 네잎클로버를 N개 찾는 신기한 경험을 했다. 네잎클로버 발견 확률은 대략 1/10,000이다. 즉 10,000개 클로버 중에 한 개 정도가 네잎클로버일 가능성인 것이다. 6월에 네잎클로버를 7개, 10월에 33개를 1시간 내외로 발견했다. 네잎클로버를 찾게 된 경험은 누군가로부터 귀한 베풂을 받았기 때문이라고 생각한다. 8년 전 직장에서 야쿠르트 아주머니가 큰 네잎클로버를 오다가 찾았다며 주셨다. 몇 달 후 또 찾았

나머지 네잎클로버를 주셨다. 다른 분 드려도 된다고 했음에도 기꺼이 내게 주고 싶다고 건네주셨다. 얼마 후 다섯잎클로버를 찾았다며 금전운을 상징한다며 다섯잎클로버를 선물해 주셨다. 진심으로 감사한 마음 담아 다이어리에 꽂아 두었다.

8년이 지난 최근 우연히 다이어리 속 네잎클로버를 발견했다. 순간 야쿠르트 아주머니의 마음이 진짜 부자 마음으로 느껴졌다. '아! 이게 사이토 히토리《1퍼센트 부자의 법칙》에서 말하는 풍족한 마음이란 것'을 단번에 알아차렸다. 6월에 우연히 산책하던 중 클로버가 보여 '찾으면 모두 나눠주겠어!'라고 마음먹으니 네잎클로버 7개가 눈앞에 선명하게 보였다. 마침 옆에서 네잎클로버를 찾으려는 아주머니에게 한 개 드렸다. 다 꺾었을 수도 있으니 미안한 마음이 들어서다. 네잎클로버는 감사한 지인들에게 나눠드렸다. 최근 K 선배가 네잎클로버 힘으로 행운이 찾아오는 것 같다며 감사함을 전해주었다. 주변 분들의 고마움을 받고 나니 네잎클로버 행운의 힘을 믿게 되었고, 행운의 힘이 있다면 더 많은 사람에게 나눠줘야겠다는 마음이 들었다.

얼마 전 자연휴양림으로 가족 여행을 갔다. 산속이라 주변에 클로버들이 곳곳에 보였다. 마침 공동 저서 작가와 코치에게 나눠 주고 싶었다. 네잎클로버를 찾을 수 있다는 믿음과 나누고자 하는 간절한 마음이 내었다. 순식간에 33개를 발견했다. 믿어지는가? 발견하는 순간순간마다 기쁨은 이루 말로 표현할 수 없었다. 나조차도 믿기지 않았다. 진심을 다하니 30분 안에 소원이 이루어진 것이다. 이 경험은 네잎클로버 개수를 많이 찾은 것이 중요한 것이 아니라 진짜 마음의 원리를 직관하고 자기 믿음이 확실해진 계기가 되었다. 이타적인 마음가짐을 크게 내는 것이 얼마나 중요한가를 몸소 체화한 것이다.

세렌디 마스터로서의 여정을 통해 인생의 예측불허함을 깨닫게 되었다. 행운은 우연이 아니라 준비와 노력으로 이루어지며 그 힘을 글쓰기로 나누고 싶어졌다. 네잎클로버 찾기를 통한 특별한 경험은 이타적인 마음가짐이 얼마나 중요한지를 알게 되었다. 앞으로도 더 많은 행운과 지혜를 찾아가며 글쓰기로 행복을 나누며 뜻깊은 순간을 만들고 싶다. 세렌디피티의 지름길인 글쓰기를 통해 마음의 그릇이 커지고 세상과 연결된다는 것은 보람이다. 글쓰기 씨앗을 뿌렸으니 반드시 기회가 찾아올 것이다. 이 씨앗은 공저 책 출간을 통해 열매를 맺을 것이며, 이는 우연이 아닌 글쓰기에 도전했기 때문이다. 아무것도 하지 않으면 어떤 기회도 잡을 수 없지 않은가?

글쓰기는 예측불허의 미래를 행운의 미래로 만들어 가는

스몰 라이팅으로 시작합니다

여정이다. 오늘도 주변 풍경과 곳곳에 피어나는 시그널에 오감을 동원하여 글감을 찾는다. 행운은 우연이 찾아오는 것이 아니라 글쓰기로 만들어 가는 것이다. 얼마 전 '고명환 아카데미 1기'에 선정되었다는 기적 같은 메일을 받았다. 선정된 행운은 진심 어린 글을 메일로 보냈던 것이 공명한 것일까? 오늘도 행운 가득한 미래를 만들기 위해 '신나게' 글을 쓰고 있다.

4-3.
글쓰기는 내 삶을 가치 있게 만든다

강지원

새벽에 일어나면 오늘 할 일을 머릿속에 떠올린 후 잠시 묵상하고 독서한다. 독서하다가 좋은 글이 보이면 내가 쓴 문장처럼 만들어본다. 김종원 작가는 1년 동안 괴테 책 한 권을 읽고 10권의 책을 동시에 적는다고 했다. 방법은 질문을 통해서라고 한다. 질문 만드는 것은 우리에게 익숙하지 않은 만큼 쉬운 것은 아니다. 연습이 필요하다. 처음부터 잘하는 사람은 없다. 반복적으로 하다 보면 잘하게 된다.

"뜻을 품고 방법을 알면 누구나 괴테처럼 쓸 수 있다."

《글은 어떻게 삶이 되는가》에서 김종원 작가가 한 말이다.

스몰 라이팅으로 시작합니다

이 문장을 바꿨다. '뜻을 품고 방법을 알면 누구나 김승호 회장님처럼 훌륭한 사업가가 될 수 있다.' 2022년 8월에 창업했다. '신사업창업사관학교'에 지원, 합격했다. 창업 정부지원금 3,000만 원을 받았다. 30년 이상을 공무원으로 살았고 사업을 생각해 본 적 없었다. 어떻게 해야 하는지 몰라 쓸데없는 예산 지출이 많았다. 사업을 시작하려는 사람에게 내 경험을 나누어 다른 사람이 나와 같은 실수를 하지 않았으면 좋겠다는 마음이 글을 쓰고 싶게 만든다.

정리 수납을 배우고 나서 어떤 일을 하든 정리가 기본이라는 것을 알았다. 축구 선수 손흥민의 아버지이면서《모든 것은 기본에서 시작한다》저자인 손웅정 작가 또한 아침에 일어나면 제일 먼저 하는 것이 정리라고 했다. 김승호 대표의《사장학 개론》에서도 언급되었다. "필요 없는 낡은 물건은 버려라. 오래된 물건은 생기를 빼앗고 행운의 발목을 붙든다."《인생의 12가지 법칙》에서도 마찬가지다. 성공한 사람들은 대부분 정리를 잘한다고 했다. 그만큼 정리는 중요하다. 정리가 안 되는 가장 큰 이유가 버리지 못해서다. 오래된 것, 추억이 있는 물건 등 사용하지 않으면서 버리기에는 아깝다는 마음이 들어서다. 물건이 많으면 일이 많아지고, 쓸데없는 데보내는 시간이 많아진다. 즉 물건을 줄이는 것이 시간을 버는 것이다. 사람들에게 정리의 필요성에 대해 알리고 싶었다.

《개운한 정리 수납 끝장 판 7단계》를 전자책으로 출간했다. 어떤 일을 할 때마다 좋은 것이 있으면 알려주고 싶은 마음이 든다. 만나서 전달하는 것은 한계가 있다. 책은 더 많은 사람이 활용할 수 있다. 이것이 책 쓰기를 하는 이유다.

글쓰기는 마음의 안정을 준다. 화날 때, 기분이 좋지 않을 때, 기쁠 때, 좋을 때, 감정이 왔다 갔다 할 때 자연스럽게 노트를 찾는다. 몇 자 적다 보면 마음이 가라앉는다. 화가 날 때 바로 표현하면 후회가 남는다. 글 쓰는 몇 분의 여유가 후회하는 일을 줄여준다.

시간 날 때마다 적어 보는 글감이 있다. '사업이란 어떤 것인가? 왜 사업이 하고 싶은가? 사업가가 되기 위해 무엇을 준비해야 하나? 아이템 정하는 법, 브랜드 만드는 법, 내 고객은 누구인가? 다른 업체보다 더 줄 수 있는 것은 무엇인가? 포기하지 않기 위해 무엇을 해야 하나? 사람들에게 어떤 도움을 주고 싶은가?' 질문을 만들고 구체적으로 하나씩 생각하고 글로 적어본다. 생각만 하는 것보다 글을 쓰면 생각이 정리된다. 회사는 사장 꿈만큼 성장한다는 말이 있다. 회사의 성장은 내 가치의 성장이고 함께 하는 직원과 가족 모두가 달려있기에 중요하다. 회사를 성장시키는데 여러 가지가 필요하지만 그중에서도 독서와 글쓰기가 필수다.

스몰 라이팅으로 시작합니다

생각만 할 때는 막연하던 것이 글을 쓰면 뚜렷해진다. 글쓰기는 어떤 삶을 살고 싶은지 구체적으로 생각하게 하고 꿈을 만들어 준다. '그날 뭐 했지?' 또는 '작년에는 뭐 하느라 시간을 보냈더라?' 궁금할 때가 있다. 하루하루를 살아오긴 했는데 뭐 했는지 기억조차 없다. 예전에 썼던 글을 보면 반갑다. 매일은 쓰지 못하더라도 블로그나 독서 노트에 남긴 글이 어떤 날에 웃게 만드는 활력소가 될 것이라는 믿음이 있다.

매월 첫째, 셋째 주 토요일 〈부산큰솔나비〉 독서 모임이 있다. 독서 토론 전에 감사 나눔을 한다. 처음에는 한 가지도 말하기 어려웠다. 1년, 2년이 지나고 시간 제한을 둘 만큼 감사가 넘친다. 감사는 감사했던 일만 적는 것이 아니라 미래에 꿈을 이미 이루어졌다고 생각하고 감사한다. 잠재의식의 힘을 믿는다. 생각한 대로 이루어진다. 말에 힘이 있다. 우리가 생각하는 것이 씨가 된다. 생각은 돈이 들지 않는다. 하고 싶은 대로 마음껏 높고 넓은 꿈을 꿔도 아무도 뭐라고 하지 않는다. 꿈꾸는 미래를 미리 감사한다면 감사할 거리는 끊임없이 있다. 아침 눈 뜨는 것 또한 감사한 일이다. 내가 맞이하는 아침이 누구에게는 다시 오지 않을 그날이기도 하다. 걸어 다닐 수 있는 것, 글 쓸 수 있는 손이 있다는 것, 보는 것, 맛을 아는 것, 들리는 것 모든 것이 감사한 일이다. 감사는 하면 할수록 감사한 일이 생긴다. 말로 하고 글로 적으면 더 다가온다. 길게 적는 것만 글이 아니다. 단 한 줄이라도 좋다. '영광스러운 아침을 선물로 주심에 감사합니다.' 어제도 이 문장을 적었다. 적으면서 기분이 좋아졌다. 이 글을 쓰는 지금도 마찬가지다.

책 쓰기는 가치 있는 삶을 살아가게 한다. 책 출간 후 삶은 달라질 수밖에 없다. 책대로 살아야 하기에 더 잘 살아가려고 노력한다. 2장에서 습관 만들기에 대해 말한 적 있다. '습관을 만들기 위해서 공개하자.' 책을 쓴 것은 다른 사람에게 공개한 것이다. 내가 쓴 책이 삶을 더 가치 있게 만들어 줄 것이다.

'죽기 전에 내 책 한 권 가지고 싶다.'라는 말을 주위에서 많이 들었다. 나도 그랬다. 책 쓰기는 실현할 수 없는 꿈이라고 단정 지었던 시절이 있었다. 꿈이 현실이 되었다. 《준비하는 삶》, 《부부 탐구 생활》, 《개운한 정리 수납 끝장 판 7단계》, 공동 저서 《어머! 공무원이었어요?》, 《변하지 않는다구요? 웬걸요!》를 출간했고, 정리 수납에 대한 글을 퇴고 중이다.

'내 책이 한 사람이라도 도움이 된다면 성공이다.'라고 생각했지만 기쁨도 잠시 첫 책을 내고 부끄럽다는 생각이 들었을 때, 독자가 저자 사인 요청을 해왔다. "작가님! 많은 책을 읽었지만, 지금까지 읽은 책 중 작가님 책이 내게 가장 도움 되었어요"라고 했다. '내가 부끄러워했던 책이 누군가에게 정말

스몰 라이팅으로 시작합니다

힘이 되는구나'라고 느끼는 순간 부끄럽지 않은 책이 되었다. 글은 쓸수록 어렵다고 느껴진다. 그래도 꿋꿋이 글을 쓰고 있다. 꼭 책을 출간하지 않더라도 글 쓰는 삶은 많은 유익이 있다. 블로그. 인스타. 페이스북 등 SNS를 통해 수입을 늘리는 사람이 많다. 나 또한 금액은 얼마 되지 않지만, 블로그를 통해 수익이 들어오고 있다.

주위에 성공한 사람을 보면 부러울 때가 많았다. 이제는 그 사람의 화려한 겉모습을 보기 전에 그의 과정과 경험을 보려고 노력한다. 좌절, 아픔 없이 성공한 사람은 드물다. 김승호 대표의 《사장학》에서 어려움을 참고 마지막까지 남는 사람은 0.1퍼센트 정도라고 한다. 성공하는 사람은 포기하지 않고 끝까지 해내는 것이다. 실패는 포기한 사람이 쓰는 말이고 모든 것이 경험이다. 나와 같은 삶은 아무도 없기에 고귀하다. 우리 삶 자체가 멋진 이야기고 훌륭한 작품이다. 얼마든지 내가 원하는 대로 글을 쓸 수 있고 삶을 만들 수 있다. 글이 곧 삶이고 삶이 곧 글이 된다. 글 쓰는 삶으로 내 인생의 가치를 높였으면 좋겠다.

4-4.
스몰 라이팅 응원단

권은주

숨이 턱까지 찬다. 음악이 시작되면 끝날 때까지 한 치의 흐트러짐도 없이 옆 사람과 함께 오와 열을 맞춘다. 동작은 흥이 넘치지만, 절도 있게 박자를 맞추고 시선은 손끝을 향한다. 아무리 힘들어도 끝까지 미소를 짓는다. 내가 즐기지 않으면 관객이 즐겁지 않은 것이다. C 대학교에 6명으로 구성된 '싸이렌'은 3~4분의 짧은 치어리더 공연을 위해 몇 달을 땀 흘리며 피나는 노력을 했다. 동작을 외워야 했고 숨을 참아야 했으며, 꽉 쪼이는 부츠도 아랑곳하지 않았다. 무한 반복 동작으로 늘 발목이 쑤셨고, 발목과 어깨가 아팠다. 동작이 되지 않는 동료는 될 때까지 알려주고 기다려야 했고 함께해야 했다. 아무리 준비를 하고 나가도 무대에서는 예상치 못한 실수가 생기지만 당황하지 않고 여유롭게 웃으

스몰 라이팅으로 시작합니다

며 공연을 이어 나가야 한다. 실전을 극복할 수 있는 것은 오직 연습뿐이다. 벌써 26년 전 일이다. 남편은 아들들에게 어디 가서 절대 엄마가 치어리더였다고 말하지 말라고 신신당부했다. 요즘처럼 키 크고 이쁜 치어리더들을 상상할 수 있기 때문에 큰 오해를 살 수 있는 일은 애초에 만들지 말라는 것이다. 그렇게 나의 과거는 잊혀 갔다.

친구 K와 '롯데-LG' 야구를 보기 위해 부산사직야구장에 갔다. 고3 아들 성적이 쉽게 오르지 않아 우울해하는 나에게 기분 전환 삼아 야구를 보러 가자고 제안한 것이다. 가족들과는 중앙지정석이나 3루 쪽에 앉았는데 그날은 처음으로 1루 쪽에 앉았다. 평일인데도 생각보다 사람들이 많았다. 응원단장은 등장부터 시원시원했다. 잊고 있었던 흥이 단전에서부터 스멀스멀 올라왔다. 젊고 이쁜 치어리더들도 분위기를 띄우는 데 한몫했다. 사실 1루 쪽 성인 남성이라면 다 같은 이유로 한 곳을 바라보고 있을 것이다. 어릴 적 치어리더 때 추억도 떠오르고 '좋을 때다.'며 부러운 마음이 들었다. 하지만 경기가 진행될수록 롯데 야구단의 점수는 LG와 점점 더 벌어졌다. 7점 이상 차이가 나서 패배가 확실해지고 있었다. '경기도 재미없고 그만 가볼까?' 하던 찰나 응원단과 롯데 팬들의 모습에 말문이 막혔다. 미친 듯이 응원하는 것이었다. 분명히 질 것이 뻔한데, '왜 저렇게까지?' 그 순간 눈물이 핑 돌았다. 응원단은 이미 경기 승패와는 상관없고 그 자체를 즐기고 있었다. '과연 나는 응원하는 삶을 살고 있는 것인가? 결과만을 중요하게 생각하고 이기려고 했던 삶은 아니었던가?' 지는 게임은 시작도 하지 않았고 질 것 같은 경기는 애초에 포기해 버렸다. 하지만 이들은 온 몸을 던져지고 있는 롯데 야구단을 응원하고 있었다. 수능을 준비하고 있는 고3 아들이 떠올랐다. '성적이 좋지 않아 고전하는 아들을 위해 나는 무슨 마음을 먹고 있었던 것일까? 아들! 지는 경기도 좋다. 너를 위해 최선을 다해 응원하마!' 그렇게 마음을 바꾸니 삶의 무게가 달라졌다.

2023년 무더운 한여름, 싸이의 '흠뻑쇼'를 보러 사직보조경기장에 갔다. 드레스 코드는 파란색, 온통 스머프 나라였다. 잔디밭에 뿌려지는 시원한 물줄기는 한여름 더위를 씻어주는 듯했다. 작년엔 처음으로 스탠딩 공연에 도전했다가 식겁한 기억이 있어 이번엔 지정석으로 티켓팅을 했다. 작년엔 비가 왔지만 올해는 선선한 바람이 불어 날씨도 끝내 주었다. 무대의 조명이 켜지고 강렬한 비트가 울리자마자 우리의 대환장 파티가 시작되었다. 너클밴드로 무대와 관객이 하나 됨은 예술이었다. 열광하는 3만 관중을 보며 싸이는 말했다. "오늘 가장 행복한 날이 되시길 바랍니다."라며 댄서와 함께 오늘이 삶의 마지막 날인 것처럼 노래 부르고 춤췄다. 팬들은 '박재

상' 씨의 열정이 녹아있는 공연에 열광했고 무아지경이 되는 경험을 느꼈다. 이 공연은 팬들과 싸이가 엄청난 에너지 파장을 주고받는 현장이었다. 한때 치어리더로서 지낸 과거가 문득 떠올랐다. 돌이켜 보니 나의 삶은 늘 치어리더였다. 보이지 않는 곳에서 치열하게 연습하고 나 자신을 갈고닦아 많은 사람 앞에서 멋진 무대를 선보였다. 유종의 미를 거두기 위해 최선을 다했고, 마지막까지 한 명의 낙오자도 없이 함께 가고자 했다.

하지만 글쓰기는 치어리더와 다른 영역이라고 생각했을까? 어떻게 해야 할지 엄두가 나지 않았다. 바로 그때 멋진 응원 단장이 나타났다. 정인구 작가다. 나의 재능을 알아봐 주고 포기하지 않고 끝까지 할 수 있다고 격려와 응원을 아낌없이 해준 것이다. "은주 작가님! 모죽*의 시간이 온 것 같아요. 함께 성장할 수 있습니다." 그렇게 내밀어 준 손을 잡고 용기를 얻었다. 매일 체력 단련을 위해 하루도 빠짐없이 글을 썼다. 배우고 또 배움을 아끼지 않았고, 좋은 양서들로 리듬감과 유연성을 길렀다. 숨이 턱까지 차오르지만 멈추고 싶다는 생각이 들지 않았다. 그리고 미소 지었다. 나 역시 힘들어하는 동

---

* 모죽: 毛竹, 5년 동안 죽순 형태로 있다가 5년 후 하루 30센티미터씩 80미터까지 자란다.

료가 있다면 그를 위해 손을 내밀었다. 이것이 내가 배운 글쓰기 응원법이다.

나는 이제 글쓰기로 치어리더의 삶을 이어 나가려 한다. 글을 쓰면 어떻게 삶이 변화하는지, 어떻게 행복하게 살 수 있는지 독자들에게 알려주고 싶다. 나와 당신을 온전히 응원하는 삶!

이제 그 화려한 공연의 막이 오른다.
여기! 주목! 스몰 라이팅 치어리더 공연단들이 등장한다.
웅장한 음악의 도입부가 울려 퍼지고 화려한 조명이 켜진다.
우리는 단장의 구령에 맞춰 손 허리 자세에 독자들을 바라보고 있다.
풍성한 소맷단이 치어리더들의 자부심만큼이나 화려하다.
하나 같이 미소 가득하다.

목표는 단 하나! 응원하는 삶이다.
이기고 지는 것은 상관없다. 미친 듯이 응원하라!
글쓰기로 소중한 나의 삶을, 그리고 당신의 삶을 아낌없이 응원할 것이다.

　　　　　　　　스몰 라이팅으로 시작합니다

4-5.
네 가지 글쓰기 카테고리

신민석

    비록 지금 나의 글쓰기 수준을 비유하자면 이제 막 혼자서 매일 걷기를 할 수 있게 된 영유아 수준인지에 불과하지만, 나에게는 큰 목표가 있다. 매일 글쓰기를 통해 보관했던 글들을 원하는 카테고리별로 책을 출간하는 것이다. 사실 매일 글을 조금씩이라도 쓸 수 있게 되었다는 것은 이제 혼자서 누구의 도움 없이도 혼자서 문밖에 나가서 새로운 곳에 갈 수 있듯이 글쓰기를 통해 새로운 여정을 보내고 싶다는 뜻이기도 하다. 앞으로 내가 글쓰기를 집중적으로 깊이 있게 해 보고 싶은 카테고리는 총 네 가지가 있으며 그것은 다음과 같다.

    첫 번째는 내가 글쓰기를 매일 할 수 있게 만들어 준 감사일기이다. 감사일기는 지금처럼 매일 두 명 이상의 사람에게 각 두 문장 이상으로 글쓰기를 하는 것이다. 사실 최소 두 문장이지 배경과 그 내용을 디테일하게 기록하다 보면 보통 다섯 문장에서 일곱 문장 정도 된다. 하루에 감사일기를 쓰면 마음의 평화와 풍요로움으로 하루를 시작할 수 있게 되고, 하루를 마감하면서 쓰는 감사일기는 오늘 하루를 평온하게 마무리할 수 있게 도와준다. 그리고 감사일기 쓰기의 가장 큰 장점은 그 고마운 마음을 직접 표현하다 보면 그 사람과 더욱 친밀해지고 가까워지게 되고 다음에 만났을 때도 그 좋은 영향이 서로에게 긍정적인 영향력을 미치게 되기 때문이다. 이렇게 내가 감사일기를 쓰는 동안 느꼈던 수많은 감정들과 사례는 물론이고 감사일기를 쉽게 쓰는 나만의 작은 노하우를 공유해 보고 싶다.

두 번째로 내가 글쓰기를 통해 출간해 보고 싶은 카테고리는 바로 현업이다. 내가 9년간 유통업 현직에 있으면서 많은 일과 업무를 했지만, 과거에는 그것을 기록하고 분류하고 정리해 놓지 않아 필요할 때 적재적소에 찾아서 활용할 수가 없었다. 그래서 작년부터는 내가 하는 현재 업무 중 중요한 업무는 그 진행 과정과 더불어 중간중간 있었던 굵직한 사건과 일들을 기록한다. 솔직히 다른 사람에게는 흥미롭지 않을 수도 있겠지만 직장에서 일하면서 일어나게 되는 사건과 그때

스몰 라이팅으로 시작합니다

의 사람들 태도, 행동, 말은 물론 그로 인해 느끼는 관계에서 깨달은 점을 공유하고 싶다. 사업을 하는 사람은 물론이고 나처럼 한 팀원의 구성으로서 일을 하는 사람에게도 가장 중요한 것은 바로 사람과의 관계이기 때문이다. 또한 오늘 업무 중 꼭 기억해야 할 사건이나 발생했던 문제점에 대해서도 글을 쓰다 보면 자연스럽게 해결책과 문제 해결 방법까지 일사천리로 나오게 되는 경우가 종종 있었는데 그런 실제 내 경험을 공유해 보고 싶다. 대부분 사람은 절대로 발생하지도 않을 사건과 이미 일어나거나 별로 신경 쓸 일이 아닌 사소한 것에 너무 많은 시간을 허비하고 있다. 차라리 그 시간에 글쓰기를 통해 내가 고민하거나 걱정하는 것들에 대해 나열해 보거나 글을 쓰다 보면 더 이상 고민할 필요가 없다고 판단 되어 한결 마음이 편안해지게 되는 경우가 있으며 고민한 것에 대한 해결책까지 함께 나오게 되는 예도 있다. 오랜 시간 걱정하는 대신 짧은 시간과 노력으로 글쓰기를 통해 그것을 해결해 보라고 말하고 싶다.

세 번째, 내가 집중하고 싶은 글쓰기 카테고리는 나의 꿈과 목표이다. 나에게는 내가 원하고 내가 살아있는 동안 꼭 이루고 싶은 큰 꿈들이 있다. 내가 살고 싶은 멋진 집, 근육질의 멋진 몸, 내 주변에 내가 도움을 줄 수 있는 사람들에게도 내 방법과 노하우를 통해 경제적, 정신적으로 도움을 주고 싶다.

그러기 위해서 많이 읽고 공부해야 하며, 더 많이 행동하고, 나 스스로 더 엄격해야 한다. 내 꿈을 상세하게 글로 써보는 것만큼 또 가슴 설레는 일은 없을 것이다. 어떤 집에서 살고 싶고 어떤 차를 운전하며 미래에 어떤 사업체를 소유하게 될지 상세하게 글을 쓰다 보면 어느 순간 그것을 이룰 것이라고 나는 확신한다. 내가 원하는 것을 얻었을 때의 감정을 상상으로 느끼고 그 느낌을 반복하다 보면 자연스럽게 행동으로 이어지기 때문이다. 예전에는 항상 뒷걸음질 치고 머뭇거렸고 소극적이던 나의 모습과는 달리 요즘은 정말 많은 행동을 하게 된다. 누가 보더라도 어느 정도의 성과를 낸 시점을 기점으로 해서 나의 노하우와 경험담을 세상 사람들에게 공유해보고 싶다.

그리고 마지막 카테고리는 독서를 통해 갖게 된 새로운 질문들에 대한 글쓰기이다. 나는 지금도 가장 작은 투자로 가장 큰 기대 효과를 낼 수 있는 것은 독서라고 생각한다. 나에게 있어 독서는 문제 해결을 위한 가장 좋은 수단이며 세상과 조화를 이루게 해주는 가장 좋은 수단이라 생각한다. 책을 읽다 보면 많은 생각을 하게 되고 그 질문의 끝은 언제나 '그래서 나는 뭐를 잘할 수 있을까? 나는 앞으로 무엇을 해야 할까? 등 나에 관한 질문을 하게 된다. 따라서 독서를 통한 글쓰기를 통해 나에 대해 질문을 던지고 답을 찾는 과정을 통해 나를

스몰 라이팅으로 시작합니다

잘 알게 되는 과정이다. 이러한 깨달음과 가르침을 얻기 위해서는 꼭 독서와 함께 글쓰기가 필요하다. 독서를 통해 경제, 사회, 문화를 이해하는 데 가장 큰 도움을 얻을 수 있고, 세상과 조화를 이루기 위해 독서와 글쓰기는 아주 큰 영향을 주기 때문이다.

내가 집중하고 싶은 글쓰기 카테고리는 감사일기, 현업, 그리고 나의 꿈과 목표이다. 이 카테고리에 대해서 앞으로 조금 더 집중해서 글을 써보고 싶으며 이렇게 축적되는 과정에서 책으로 출판도 하는 것이 또 다른 나의 목표이다. 이를 위해 매일 하루에 일어나는 모든 사건과 상황을 위 네 가지에 촉을 두고 생활하려고 노력하고 메모도 한다. 삶을 더 밀도 있게 살 수 있어서 좋다.

4-6.
기억의 조각, 퍼즐 맞추기

이소윤

　　"당신이 할 수 있는 가장 커다란 모험은 당신이 꿈꾸던 삶을 사는 것이다."라고 오프라 윈프리가 말했다. 〈부산큰솔나비〉 독서 모임에 참여하면서 '10분 세바시(세상을 바꾸는 시간 10분)' 강의를 의뢰받은 적이 있다. 처음에는 '잘할 수 있을까'라는 스스로에 대한 불신으로 정중히 거절하고 싶었다. 하지만 다른 사람이 발표하는 세바시를 듣고 큰 울림을 느끼고 감동의 눈물을 흘린 기억이 있다. 감동했던 기억, 그리고 지인의 적극적인 추천으로 열심히 살아온 나의 인생 이야기가 조금이나마 다른 사람에게 감동과 동기부여가 될 수 있기를 기대했다. 지금이 아니면 평생 못할 것 같았다. 나의 평범한 삶의 이야기를 무대에 올리는 것은 커다란 모험이었다. '세바시'를 준비하는 과정에서 살아온 나의 인생을 되짚어 보며 내가 원하고 꿈꾸는 삶이 무엇인지 생각하게 되었다. 다른 사람의 이야기에 감동했던 것처럼 내 이야기에도 감동의 눈물을 흘리는 회원들을 보고 가슴이 뭉클했다. '세바시' 발표를 위해 글쓰기를 시작하면서 내일이 아니라 오늘 시작하는 작가의 삶을 꿈꾸게 했다. 작가의 꿈을 이루고 제2의 삶을 살아가는 여러 가지 방법이 있다.

첫째, 매일 글쓰기를 한다. 작가 장동철은 리더십을 다룬 책《제법 괜찮은 지도자가 되고픈 당신에게》라는 책을 썼다. 작가는 20년 전에 현대자동차그룹 부사장으로 지낸 임원진이었다. 젊은 나이에 인사팀장으로 발령을 받아 조직(팀)을 잘 이끌어갈지 고민이 많았다고 한다. 업무의 효율성보다 팀원들 간의 인간으로서 소통하자는 취지로 매일 아침 일곱 시, 직원들에게 메일로 편지를 보냈다고 한다. 처음에는 2~3문장만 쓰다가 익숙해지면서 점점 길게 적어 1장 정도를 썼다. 17년간 매년 170통 정도씩 3,000통이 되었다. 글의 내용은 자신의 첫사랑 이야기, 가족 이야기 자신을 들어내는 이야기를 시작으로 직원들과 자연스럽게 친해졌으며 직원들이 먼저 친근감을 표현하기도 했다. 3,000통의 편지를 120편 정도 추려서 자연스럽게 책이 되었다. 그 편지 덕에 퇴직 이후 작가로서 제2의 삶을 살고 있다. 매일매일 써 내려간 수많은 글이 훗날 자신만의 기록으로 글 쓰는 작가의 꿈을 이룰 수 있었다.

둘째, 솔직하게 글쓰기를 한다. 배우 봉태규는 드라마와 영화, 예능프로그램 출연하면서 방송 생활을 열심히 한다. 봉태규는 최근 어른의 역할을 다룬 책 《괜찮은 어른이 되고 싶어서》라는 에세이를 썼다. 에세이는 남편이자 아빠, 배우이자 작가 그리고 아들까지, 다양한 책임을 수행하며 느낀 어른의 역할에 대한 이야기를 다룬 책이다. 배우라는 직업인으로 노력하는 사람으로 살아가고 평범하지 않았던 가족사를 공개하며 솔직담백하게 썼다. 결혼하고 아이를 키우는 과정에서 느끼는 감정들을 겸손하면서 진솔하게 써 내려갔다. 독특한 문장은 봉태규만의 개성이 물씬 묻어난다. 바쁜 가운데도 더 나은 사람이 되기 위해 끊임없이 성찰의 과정을 거쳐 자기 모습을 인정하고 부끄러움은 잠시 뒤로 하고 자신의 이야기를 써 내려갔다. 자신의 숨기고 싶은 이야기, 자신만의 이야기를 솔직하게 쓰면 누군가에게 감동을 주는 글이 된 것이다. 자신만의 솔직한 이야기로 작가의 꿈을 이룰 수 있었다.

셋째, 취미 생활로 글쓰기를 한다. 기자 조민진은 3권의 책을 썼고 그중 2권은 JTBC 언론사에 소속되어 정시 퇴근이 불가능한 직장 생활을 하면서 시간을 쪼개어 책을 썼다. 누구보다 바쁘게 생활하면서도 글을 쓸 수 있었던 것은 새벽 시간을 활용한 것이다. 새벽 3~4시에 일어나 글을 썼다. 출근 준비까지 2시간씩 시간을 확보했다. 새벽에 글을 쓴 이유는 회사에서 사력을 다해 일을 하다 보니 퇴근 후에는 체력이 고갈되었기 때문이다. 하루 중 정신이 가장 맑은 새벽 시간을 활용한 것이다. 첫 책은 미술 에세이를 쓰게 되었는데 많은 사람이 놀라워했단다. 왜냐하면 문화부 출입을 한 것도 아닌데 미술 에세이를 썼기 때문이다. 사실 본인은 미술 관람이 취미 생활이었고 좋은 경험을 결과물로 남기고 싶어 출간을 마음먹게 되었다. 취미 생활을 책으로 쓰다 보니 힘든 줄도 모르고 글을 완성할 수 있었다. 자신만의 취미 생활을 찾아 기록물로 정리한다면 작가의 꿈을 이룰 수 있을 것이다.

이처럼 작가의 꿈을 이룬 사람들을 보면 대기업 임원 출신인 작가 장웅철의 경우 매일 다른 사람들을 위해 진심을 담아 글을 쓰고 책을 출간했다. 배우 출신인 작가 봉태규는 숨기고 싶은 부끄러운 이야기도 솔직담백하게 쓰고 감동 주는 책을 출간했다. 기자 출신인 작가 조민진은 자신이 좋아하는 취미 생활을, 시간을 쪼개어 계획을 세워서 글을 쓰다 보니 다른 사람의 호기심을 자극하는 책을 출간했다. 취미 생활을 책으로 쓰는 동안 힘든 줄도 몰랐을 것이다. 작가로 변신한 사람들을 보면서 간호사인 나도 작가로서의 삶에 대한 희망이 생겼다. 특히 〈부산큰솔나비〉 독서 모임에서 '세바시'를 위해 글을 썼을 때 솔직한 나의 이야기로 다른 사람에게 감동을 주었다. 글을 쓰는 동안 마치 모자이크처럼 흩어져 있던 기억의 조각을 맞추어 회상하면서 마음을 치유하는 소중한 계기가 되었다. 20년 이상의 수술실 간호사 경력이 좋은 글감이 될 수도 있을 것 같다. 퍼즐 조각 맞추듯 매일 쓰는 기록의 중요성을 다시 깨달았다.

처음 '글쓰기 습관 만들기 프로젝트'에 참여하여 매일 글을 쓰는 습관을 만들기 위해 노력했다. 〈아주 특별한 아침(미라클 모닝)〉에서는 새벽 시간에 필사와 《거인의 어깨》 책을 통해 주제가 있는 글을 쓰기 시작했다. 백건필 작가의 〈생각의 별〉 수업을 통해 다양한 글쓰기 연습을 하고 있다. 지금은 정인구 작가 〈글센티브 직장인 책쓰기〉에서 작가 수업을 듣고 있다. 작가가 되기 위해 적합한 조언을 많이 전수받고 있다. 수업을 들으며 '작가 만들기 프로젝트' 공저 글쓰기를 하고 있다. 공저에 참여하는 것이 두렵고 힘들지만 〈글센티브 직장인 책쓰기〉 회원들의 응원 메시지는 많은 힘이 되고 있다. 독일의 소설가 장 파울은 "인생은 한 권의 책과 같다. 어리석은 사람은 아무렇게나 책장을 넘기지만 현명한 사람은 공들여 읽는다."라고 말했다. 나도 현명한 사람이 되고 싶다. 공들여 내 삶의 이야기를 정성스럽게 풀어내며 글을 쓰는 작가의 삶을 상상한다. 나의 인생은 마치 한 권의 책처럼 즐거운 여행이다. 왜냐하면 여행이 가보고 싶은 곳을 찾아 떠날 때 설레는 것처럼 글쓰기는 새로운 모험과 경험으로 나를 설레게 하기 때문

이다. 공저 책 쓰기를 시작으로 대형서점에 진열된 나의 책을
상상하며 오늘도 글을 써본다.

4-7.
책 쓰는 간호사, 라이팅게일(Writingale)

이하루

'Thank U 코로나'라고요?

Thank U 코로나라니? 코로나 감염으로 병원은 초비상사태였다. 병원 전체, 전 직원들의 출퇴근 동선까지, 간호사들의 24시간은 일거수일투족 고통받고 있었다. 그 현장에서 직접 일하던 나는 'Thank U 코로나'라는 말에 깜짝 놀랐다. 알고 보니 '코로나 덕분에'라고 말하는 사람들은 바로 강사들이었다. 코로나 시대에 재빠르게 세상의 흐름을 읽고 오프라인에서 온라인으로 전환하며 콘텐츠플랫폼사업을 확장한 사람들이다. 역시 준비된 자만이 위기 속에서 큰 기회를 얻었다.

그렇다면 나는 무엇을 준비해야 할까?

병원의 시계는 정말 정신없이 흘러갔다. 코로나 상황과 같

스몰 라이팅으로 시작합니다

이 예측할 수 없는 상황들! 병원은 다양한 상황변수 속에서 수시로 업무지침이 바뀌었다. 그렇기에 1~2일이라도 쉬고 출근하면 매번 업무지침이 변경되어 혼란스러웠다. 게다가 업무지침관리 담당자가 없어서 관리가 제대로 안 되었다. 그래도 최소한 업무적인 소통 채널이라도 통일되길 원했다. 인계장, 수선생의 구두 전달, 수간호사 회의록, 윗연차들의 카더라 통신, 각자 다르게 알고 일했다. 각자도생!

상식적으로도 말이 안 되고, 무엇보다 정말 위험한 일이었다. 환자 안전과 신규 간호사 교육체계에도 치명적이었다. 간호사 인력관리에 수선생님들은 비상이었지만, 막상 근본적인 원인을 해결하고자 하는 노력은 없었다. 적당한 선에서 매년 관행처럼 내려오는 말들의 공회전일 뿐이었다. 그렇게 세월만 보낸, 오래된 병원이었다. 그러던 와중에도 병원은 오로지 규모를 확장하기 위해 열심히 노력 중이었다. 분명 겉모습은 발전하는 모습이었지만 내부는 아무것도 변한 것이 없었다. 오히려 더 악순환으로 빠져들었다. 현장은 시궁창이었다.

최근 3년간 새로 온 의사만 16명이었다. 올해는 24시간 심혈관센터까지 오픈하면서 병동은 항상 혼란 그 자체였다. 새로운 물품, 시술, 의사 각각 스타일, 간호업무는 작은 오차만으로도 큰 문제를 야기할 수 있기 때문에 업무지침이 중요하다. 탑-다운으로 업무지침관리 담당자가 있다면 좋겠지만 현실은 녹록지 못했다. 그렇다고 포기할 수는 없었다. 현장 수준에 맞게 〈업무지침관리 개선활동〉을 제안했다. 하지만 수선생님의 반응은 충격적이었다. 이 활동으로 인해서 본인에게 추가 업무가 생길 걱정으로 제안을 거절했다. 수선생님의 업무가 많다는 것을 알고 있었다. 그랬기에 실질적인 본인 역할은 없는 제안이었다. 하지만 잠재 가능성만으로 거절했다. 정말 믿고 싶지 않았다.

업무개선 제안은 '최신 간호 업무지침 도서와 학습 도구'로 업무지침 체계를 개선하고 신규 간호사의 적응을 돕는 내용이었다. 처음이기에 최소한의 간단한 기초 작업부터 제안했다. 현장은 이미 너무 바쁘기 때문에 아주 간단하고 쉬워야 적용할 수 있었다. 그렇지 않으면 바쁜 업무로 외면받을 게 뻔했다. 그리고 미리 부서원들에게 사전 동의를 구해 호의적인 반응과 과반수 동의도 얻고 제안한 내용이었다. "어머 선생님! 너무 좋은데요? 이걸 왜 안 하죠? 저희도 이제 업무매뉴얼이 생기나요?" 수선생님의 반대에 정말 답답할 노릇이었다.

결국 QI 주제로 다시 제안했다. 사전에 30년 차 선생님께 미리 의견을 물은 적이 있었다. 고연차 선생님의 반응은 '너무 좋네. 이거 딱 QI 주제네'라는 반응이었다. 하지만 수선생님

스몰 라이팅으로 시작합니다

은 그마저도 반대했다. 결국 QI 팀장님을 찾아갔다. 현장의 업무적 어려움과 환자 안전의 위험에 대해서 강력하게 말했다. 보고서용 주제가 아닌 현장에 도움 되는 주제를 하고 싶다고 말했다. 우여곡절 끝에 결국 승인되었다.

거의 10년에 가까운 병원 생활을 하면서 오픈병동 경험을 세 번 했다. 두 번은 오픈병동 멤버였고 그리고 한 번은 오픈병동 헬퍼(Helper)로 일했다. 처음 오픈병동 멤버로 일할 때 정말 정신없이 무(無)에서 유(有)로 업무체계가 안정화되는 과정을 경험했다. 그런데 두 번째 오픈병동도 처음과 똑같이 무(無)에서 시작했다. 조금은 아이러니했다. 기존 업무체계를 가져와서 보완할 거라 생각했지만 그렇지 않았다. 3번째 병동도 마찬가지였다. 원인은 병동 업무체계에 관한 업무일지가 제대로 관리되지 않았기 때문이었다.

사실 병원은 수시로 업무지침이 바뀌기 때문에 지침관리가 어렵다. 하지만 어렵다고 포기할 순 없다. 병원은 생명을 다루는 곳이기 때문이다. 업무체계의 첫 단추 작업이 없으니 계속 관행처럼 주먹구구식으로 이어졌다. 병원 70주년이 되어도 조직문화는 변하지 않았고, 마케팅으로 겉만 화려해졌다. 안타까운 점은 비효율적인 업무체계로 인한 초과근무, 가짜노동 때문이다. 예를 들면 사소하게는 물품 타오는 위치, 검

사실 검체 접수 법을 헷갈려서 헛걸음도 자주 하고, 보호자에게 치료 금액안내 등 일관성 없는 안내로 문제가 종종 발생했다. "왜 간호사들마다 하는 말이 달라요? 오전이랑 말이 다르잖아요?"

한번은 수혈 확인 의사를 찾으러 병원 한 바퀴를 돌기도 했다. 또는 각자 업무지침을 다르게 알고 있으니 괜히 서로 오해해서 감정이 상하기도 했다. 즉, 없어도 될 비효율적인 중복업무나 심각한 감정 스트레스들이다. 그런 현장의 부서원들이 눈앞에서 힘들어하고 병원을 떠나는 것을 수없이 봐왔다. 그래서 더 안타깝고 답답했다. 현장은 자세히 들여다보면 없어도 될 추가 업무, 즉 '가짜 노동'이 넘치는 곳이었다. 모든 병원이 그렇다 할 순 없지만 인증을 준비하는 과정을 지켜보면 특히 더 그렇다.

난 간호사들이 진심으로 행복해지길 바란다. 간호사들은 환자들을 돌보고 사람을 상대하기 때문에 감정노동과 스트레스가 극심하다. 건강과 가족의 일이기에 환자와 보호자들은 정말 예민하고 본인을 가장 우선시해주길 원한다. 하지만 현장의 까다로운 고객들의 요구를 모두 들어주기엔 녹록지 않다. 물 한 모금, 화장실도 못 갈 때도 있다. 결국 돌파구는 글쓰기였다. 마음의 상처를 돌보는 치유의 글쓰기, 나를 지

스몰 라이팅으로 시작합니다

켜내는 글쓰기, 나의 목표, 인생 관리를 위한 글쓰기, 다양한 목적의 글쓰기로 죽어있던 내 감정을 살리고 다시 꿈을 꾸게 만든다.

〈스몰 라이팅〉으로 시작해서 소소한 일상을 작은 행복으로 채워나가고 싶다. 글쓰기로 마음을 돌보고, 자신을 지키며 앞으로 나아가는 용기를 내보려 한다. 무엇보다 책과 함께라면 더 이상 외롭지 않다. 그리고 지난 병원생활에서 끝맺음하지 못한 업무지침 프로젝트에 대해서 좀 더 연구해 볼 생각이다. 개인병원부터 대형병원까지 크기 상관없이 병원은 생명을 다룬다는 공통점이 있다. 어느 병원이든 간호사들이 행복하게 일할 수 있으면 좋겠다. 엄마가 행복해야 아이가 행복하듯이, 간호사가 행복해야 환자가 행복하다. 작은 노력의 시작이 어떤 기적을 불러올지 아무도 모른다. 가짜 노동 없는 간호사들의 조직문화를 꿈꾼다.

4-8.
한 걸음 한 발짝 글 쓰는 삶을 걷는다

이현정

　　글쓰기 삶은 내 인생에 없었다. 꿈에도 생각하지 못했다. 〈부산큰솔나비〉 독서 모임에 선배들의 모습을 보면서 많은 생각과 꿈을 가지게 되었다. 열정과 배려 아이콘 선배들 보고, 귀동냥으로 듣는 이야기만으로도 힐링된다. 독서 모임 선배들은 직장 다니면서 자기 계발도 열심히 하고, 책도 많이 읽고, 자기만의 계획이 습관이 되어 피곤한 새벽에도 책을 읽고 글을 쓰는 분이 많다. 남편은 한 달에 두 번 주말마다 사라지는 마누라 행적이 궁금한지 한 번은 조용히 물었다. "도대체 주말 아침 어디를 가니?" 무뚝뚝한 남편 레이더망에 나의 움직임이 포착된 것이다. 남편과 함께하는 독서 모임을 꿈꾸지만, 나의 희망일 뿐, 미래의 숙제로 남겨두었다.

스몰 라이팅으로 시작합니다

책 읽는 선배들 내공은 대단하다. 책 읽는 방법과 속도, 책 레벨과 관련 독서 책 연결 등 다양한 방면에서 깊고 높은 역량을 만날 수 있다. 그런 선배들 글쓰기를 따라해 보기로 했다. 글쓰기를 하면서 내 머릿속에서 말하기, 쓰기 '지도'가 바뀌기 시작했다. 생각한 것을 그대로 말하는 것조차도 구체화, 간결화되지 못했던 내가 머릿속 생각과 행동을 정리하는 습관이 생겼다. 좌충우돌 중복단어 사용, 긴 문장 무단 방치 등 내 머릿속 갈 길을 잃은 생각들의 단어가 자기 자리를 찾는 중요한 역할이 필요했다.

나는 작가가 아니다. 작가가 되기 위해서 원대한 꿈을 실현하는 사람도 아니다. 시작은 그냥 그렇게 무조건 적어가는 것이다. 주위에 글을 쓴다고 하시는 분을 보면 고개가 숙여진다. 글을 잘 쓰지는 못하지만, 두려워해서는 안 된다. 엄마, 아빠는 수없이 자녀들에게 말한다. "수업 시간 두 팔 들어 적극적으로 발표하고 도전해야 한다고" 자녀에게는 당연하듯 말하는 '도전'을 우리도 해야 한다. 두려움 없이 그냥 두 손 들어 글을 적고 두 팔 들어 글쓰기를 환영해야 하는 것이다. 결과에 대한 부담은 버리고, 편안한 마음으로 지속해서 글을 쓰고 노력하는 습관을 가져야 한다.

공저 글쓰기를 참여하면서 서로에게 호칭을 '작가님'이라고 부른다. 처음에는 불편했다. 함께 응원 메시지를 주고, 독려 글에 동참하면서 '작가님' 호칭이 좋아진다. 지금 '거인의 어깨'를 필사하고 내 느낌을 적는 글쓰기를 하고 있다. 첫 시작은 좌충우돌 글쓰기여서 내가 읽어도 무슨 말을 하는지 알 수 없는 루즈한 글이었다. 지금도 우아하고 전문가적인 글을 쓰는 것은 아니다. 〈글센티브 직장인 글쓰기〉 수업도 듣고 '독특한 글쓰기 수업'을 하는 작가의 수업도 듣는다. 조금씩 글쓰기 역량이 향상되고 있다. 글을 못 쓰는 사람은 없다. 쓰지 않는 사람만 있을 뿐. 퇴근 후 저녁 9시 글쓰기 수업을 받는 것도 좋고, 새벽 5시에 일어나서 수업하는 내 모습이 바뀌고 있는 것이 기쁘다. 습관과 생각이 바뀌고 있는 지금이 좋다.

글쓰기가 시작되었다. 20년 넘게 공무원 생활을 하면서 나에게 육아휴직 동안 갈맷길 걷기 등 새로운 터닝 포인트가 없었으면 지금까지 힘든 직장 생활이 되지 않았을까 생각된다. 새로운 사람들과 만남에서 다른 삶을 바라보고 있는 사람들 이야기도 듣고, 걷기에 대한 새로운 바람을 내 안에 넣고, 건강한 생활 습관을 찾게 되었다. 직장 생활을 하면서 이런 전환점이 없었다면 내 삶을 행복하고 건강하게 지낼 수 없었을 것이다. 이제 내가 새롭게 찾은 전환점은 '글쓰기'이다. 자본주의사회에서 수입 창출을 위한 직장 생활은 필수항목이다. 필수항목을 행복하고 건강하게 유지하면서 내가 행복할 수 있는 에너지를 찾는 것은 나의 몫이고 선택이다. 이것이 내가 글을 쓰는 이유다.

아침에 눈을 떠서 지치고 힘든 어깨를 짊어지고 지하철에 올라타 출근할 때 좋은 글과 음악은 나를 덜 힘들게 만든다. 좋은 음악을 만드는 작사가와 작곡가들은 천재라고 입버릇처럼 말하는 나에게 기회가 왔다. 작곡은 힘들지만, 글쓰기를 해서 작사를 하고 싶은 생각이 들었다. 우연히 직장 교육에서 늦은 나이에 글을 적고 작사가를 된 분을 만났다. 결혼 후 육아로 직장 생활은 엄두도 못 냈던 삶에 빛이 비추어진 이야기를 들으면서 글을 쓰고 작사도 하고 싶어졌다. 실천하지 않는 삶은 변화를 불러오지 못하기에 글쓰기 전문가들의 수업을 듣고 있다. 말랑말랑하지 않은 나의 뇌를 깨워주고 창의적 사고로 생활 변화를 불러오는 이 수업들이 매력적이다. 새벽과 늦은 저녁 시간을 활용해야 하는 부지런함은 필수라 힘든 여정을 걷고 있지만, 한 걸음에 한 발짝씩 걸어갈 것이다.

두려워서 안 하는 것보다 못해도 도전하는 것이다. 직장에서 해결되지 못하는 많은 문제와 선례가 없는 일을 담당하게 된 때가 있었다. 가슴이 답답하고 지속적인 두통이 왔다. 집에서도 회사 일을 가지고 와서 몸과 마음이 힘들었다. 도저히 해결되지 않는 일을 그냥 내 방식대로 내가 할 수 있는 최선의 방법으로 해야겠다고 마음을 먹고 난 뒤부터는 그냥 닥치는 대로 진행했다. 힘들기도 하고, 집에 일찍 가는 날 없이 매일 초과근무를 해야 했다.

그때 생각하면 역량을 강화하고, 두려움 없이 일할 힘을 가질 기회였던 것 같다. 지금 두려움 없이 글쓰기를 하겠다는 마음을 가질 수 있는 것도 그때의 경험이 나를 일으키는 힘이 되는 것이다. 힘든 일이 나쁜 추억으로만 남는 것은 아니다. 그때 도전 없이 그냥 무너져서 회사를 그만두었거나 다른 선택을 했다면 더 안 좋은 상황이 발생하지 않았을까 싶다.

난 믿는다. 내가 선택하여 경험한 소중한 일과 기억하는 추억이 있었기에 지금의 두려움 없는 내가 될 수 있다는 것을 믿는다. 글쓰기는 '또 한 번의 소중한 내 인생의 찬스'일 것이다. 두려움 없이 걸어보려고 한다. 나의 자녀들에게도 권하고 싶다. 한 줄 감사일기부터 적기 시작하여 문단 글쓰기까지 차근차근히 해 보는 것을 권한다. 자녀에게 물려줄 재산은 없지만, 내가 걸어온 길에 반드시 해야 할 것이 있다면 책 읽기와 글쓰기이다. 잊지 말아야 할 것은 생각이 습관이 되고 행동으로 이어지는 성실한 삶의 태도가 필요하다. 조금 더 발전적이고 탁월한 나를 찾아가기를 진정으로 바란다.

스몰 라이팅으로 시작합니다

4-9.

나의 친구, 글쓰기

정희정

실컷 수다를 떨면 그 당시에는 마음이 후련하고 스트레스를 날린 기분이 들지만, 시간이 지나면 그때뿐이다. 그런 날은 어김없이 일기를 쓴다. 일기는 아니더라도 뭐라도 끄적이고 있다. 어떤 기분인지, 그때 왜 그런 행동을 했는지, 앞으로 같은 상황이 오면 어떻게 할지. 기쁜 일이거나 미운 상대방이 있으면 그 마음도 다 쏟아붓는 글을 쓰고 나면 마음이 후련해진다. 글을 쓰면 뭔가 안정되는 느낌, 나의 이야기를 들어주는 느낌이 들어 좋다.

내 몸을 바라본다. 주말 동안 나를 주의 깊게 보고 있다. 나와 소통하고 있다. 최근 여러 가지 업무 준비와 마무리를 위해 지속해서 일을 해오던 중 무리가 되었는지, 수요일 오후 통화 마치고 의자에 앉았는데 갑자기 오른쪽 눈의 바깥 부분이 안보였다. '어, 이상하네.' 눈을 깜빡깜빡했는데도 여전히 안 보였다. 순간 머리가 멍해졌다. '이게 뭐지?' 그 짧은 순간 머릿속으로 수백만 가지 생각이 떠올랐다 지워졌다. 다시 눈을 깜빡깜빡해 보았다. 오른쪽 눈의 반, 바깥 부분이 암막 커튼이 쳐진 것처럼 보이지 않는다. 대화를 나누던 동료에게 말할까 말까 망설이다가 "눈이 안 보여요."라고 말했다. 서로 얼굴만 바라보고 있었다. 1~2분여 정도가 지난 것 같다. 안 보이던 반의 위쪽이 보였다. 막혔던 검은색 부분이 사라지며 거짓말처럼 보이기 시작했다. '이게 뭐지?'라는 생각으로 복잡했던 터였다. 눈과 마음이 머릿속을 보고 있는데, 또 1분 여가 지나니 거짓말처럼 아래 사분면 검정 부분이 사라졌다. 검정 커튼이 사라지는 느낌은 부드러운 픽셀이 없어지는 듯, 검은 부분이 낱낱이 흩뿌려지며 스르르 사라졌다. 뚫리는 것도 아니라 무언가가 부드럽게 길을 터주는 느낌이었다. '이 증상은 눈이나 머리의 혈관이 막혔을 때 나타나는 증상인데…. 도대체 뭐지?'.

눈이 보이게 된 것에는 안도했지만, 안도의 기분도 잠깐, 이게 뭐지 갑자기 왜 이렇지. 걱정이 컸다. 몇 년 전 소뇌 경색으로 심방중격결손 질환이 있다는 것을 알게 되어 시술받은 적이 있었기에 걱정이 컸다. 다음날 진료 후 MRI를 찍었

스몰 라이팅으로 시작합니다

고 다행히 뇌에는 이상이 없다고 했다. 심장 검사도 예정되어 있다.

어떤 일을 해도 마음이 편하지 않았고 위축되었다. 나의 의지와 상관없는 일이 발생 했다. 꾸준히 운동했고 식습관도 주의했다. 약도 빠뜨리지 않고 챙겨 먹었다. 정말 '스트레스 때문일까?' 조금은 무리하는 듯했지만 감당하며 일을 해내고 있었는데 이런 증상이 생기니 머리가 하얘졌다. '안정하라고는 하지만 안정한다고 해서 이런 일이 안 생길까?' 하는 의문도 생겼다.

그럼 '내가 할 수 있는 것은 무엇일까?' 아무것도 안 하고 지내기에는 막막하고 답답하다. 가만히 있다고 해서 다시 증상이 발현하지 않는다면 믿고 아무것도 안 할 수 있지만 뭔가를 해야 한다는 생각이 들었다. 누구에게 털어놓고 얘기해야 할지 모르겠다. 얘기해도 해결책이 당장 없으니 소심해지기 마련이지만 내겐 글쓰기가 있다. 집에 도착하자마자 다 팽개치고 노트북을 꺼냈다. 답답한 마음을 차례로 하나씩 적었다. 첫째, 기분이 가라앉는 이유, 둘째, 어떻게 하면 괜찮아질까? 셋째, 바라는 것, 보는 사람 없으니 구구절절 써 내려갔다. 걱정은 걱정을 부른다. 오지도 않을 걱정을 미리 할 때가 막상 닥쳤을 때 걱정보다 몇 배 크다는 것을 알았다. 한 번뿐인 인생이다. 이번 기회로 내 몸을 잘 챙겨 즐겁고 행복하게 생활 해야겠다고 다짐했다. 지금 당장 내가 할 수 있는 것은 걱정 하지 않는 것이 최선의 방법이라는 것을 알았고, 근심 걱정 대 신 지금 하고 싶은 것을 생각하기로 했다.

"이게 무슨 맛있는 냄새지?" 남편이 큰소리로 말하며 들어 온다. '아무것도 하지 않고 글을 쓰고 있는데 맛있는 냄새라 니?' 남편의 목소리에 주섬주섬 글쓰기를 마무리하고 부엌으 로 간다. "김치찌개 하려는데 냄새가 벌써 나?" 남편은 언제나 내 응원군이다. 한 달 30일 중의 28일을 즐겁게 해준다. 우리 는 서로에게 바라는 것이 있으면 미리 말한다. 그것이 우리가 잘 지내는 비결이다. 남편은 오늘 행복한 저녁 식사를 바라는 가 보다. 우리는 말만 들어도 안다. 남편은 나에게 힘이 나는 좋은 얘기를 많이 해준다. 항상 즐거움을 주려고 애쓴다. 심 각한 상황인데도 "괜찮아 아무 문제 없을 거야"라고 말해주며 별일 아닌 듯 대한다. 사태의 심각성을 몰라 야속하기도 하지 만 한편으로 태연하게 받아들이는 남편이 있어 내가 느끼는 불안함이 덜어지는 듯했다. 나를 보며 웃어주고 한결같이 대 해주는 남편의 진심이 느껴진다. 나도 따라 하게 된다. 남편 에게 좀 더 살갑게 대하고 주변 사람에게 밝게 웃으며 따뜻하 고 응원되는 말을 하려고 노력한다.

스몰 라이팅으로 시작합니다

답답하고 힘든 마음을 글로 표현하지 않았더라면 남편의 말에 화가 났을 것이다. 그리고 계속 웅크리고 있었을 테고 분위기가 좋지 않았을 것이다. 속의 말을 내뱉을 수 있는, 글쓰기가 힘이 되는 순간이다. 글을 쓰고 있는 지금 힘을 얻는다. 몸이 나에게 보내는 신호다. 몸이 보내는 신호를 알아차리는 것이 내가 해야 할 일이다. 몸이 주는 신호를 눈으로 주니 잘 알아차리게 되었다. 컴퓨터 커서가 움직인다. 현재 느끼는 감정부터 적어 내려간다. 아무도 뭐라 하는 사람 없다. 내가 주인이다. 마음 가는 대로 쓰면 된다. 눈이 보내는 신호로 글을 표현하니 감사한 마음이 든다.

몸과 소통해야 하듯이 마음과 소통할 수 있는 글쓰기는 나의 친구가 되었다. 고되고 힘들수록 나의 친구인 글쓰기와 사랑에 빠질 시간이다. 여러분도 함께 하실래요?

에필로그

강준이

〈부산큰솔나비〉 독서 모임에 참여하고 내 삶은 풍족해졌다. 돈이 나오는 것도 아닌데 모임이 있는 날은 침대에서 일어나는 것이 즐거웠다. 이것이 좋아하는 일을 하는 기분이구나! 를 알게 되었다. 독서 모임 7년이 흘렀다. 독서의 최종 목적지는 글쓰기라고 한다. 모임의 선배들과 공저를 하며 글쓰기의 매력도 알게 되었다. 읽고, 쓰는 삶이 퇴직 후의 내 생활을 더 풍요롭게 하는 친구가 되어 줄 것이다.

스몰 라이팅으로 시작합니다

김도연

진심으로 고맙습니다. 공저 프로젝트 동안 많은 분들의 도움이 있었습니다. 소중한 인연으로 가능한 일입니다. 일상에서 깨달음을 만나고 인연 속에서 스승을 만나서 성장 중입니다. 솔선수범의 마음으로 시작한 글쓰기로 많은 영감 속에서 성장하는 계기가 되었습니다. 진심으로 소통하고 세상과 연결되어 인생 여행길에서 만나는 모든 분이 소중합니다. 특별히 든든한 남편과 대견한 아들의 응원에 감사함을 전합니다.

강지원

두 종류의 사람이 있다. 글 쓰는 사람과 글 쓰지 않는 사람, 작가는 따로 있는 것이 아니라 매일 꾸준히 쓰는 사람이다. 직장에 올인하고 가정은 엉망이었다. 글을 쓰기 시작했고 인생이 달라졌다. 5년 후 10년 후 미래는 아무도 모른다. 지금 내가 어떤 일을 하고 있느냐가 미래가 된다. 작가가 되고 싶다는 꿈은 있었지만, 작가가 될 거라는 현실은 상상도 못 했다. 새벽에 일어나 글쓰기를 하고 독서 모임을 운영한 지 7년이 다 되어간다. 7년 전 내 모습은 잊혀 가고 글 쓰는 강지원으로 살아가는 지금이 좋다.

권은주

〈글센티브 직장인 책쓰기〉 수업을 수강하는 것이 공저로 가는 쾌속선을 타는 것인 줄 미처 몰랐습니다. 쾌속선의 빠른 속도로 멀미도 했지만 타지 않았더라면 결코 가볼 수 없었던 곳을 둘러 보고 왔습니다. 삶의 지혜와 우주의 비밀을 엿볼 수 있는 최고의 여행이었죠. 우리 함께 행복 확언으로 글쓰기를 시작해 보아요! "이 사람을 위해서라면 최선을 다할 수 있어"라는 마음으로 당신을 응원합니다.

신민석

〈글센티브 직장인 책쓰기〉 수업을 통해 또 저의 2번째 책이 나왔습니다. 이 모든 게 다 정인구 선배님과 함께 공저한 작가님들 덕분입니다. 저같이 부족한 사람도 글을 쓰고 책을 낼 수 있다고 생각하니, 이 책을 읽은 모든 구독자님도 한번 도전해 보셨으면 좋겠습니다.

스몰 라이팅으로 시작합니다

이소윤

어느 날, 오랜 직장 생활을 하다가 문득 궁금했습니다. 나는 무엇을 좋아하고 무엇을 싫어하는지 그리고 어떤 삶을 살고 싶은지 궁금했습니다. 답을 찾지 못해 공허함과 우울감으로 힘들었던 시절, 우연히 2019년 〈부산큰솔나비〉 독서 모임에 참여하게 되었습니다. 그 순간 행복한 삶을 살아가는 다른 문을 열게 되었습니다. 지금은 정인구 작가 〈글센티브 직장인 책쓰기〉 공저 프로젝트에 참여하여 새로운 문을 열었습니다. "못 할 것도 없지!!!" 글쓰기의 즐거움을 만끽하며 나누는 삶을 살아보겠습니다.

이하루

10년 전 〈책읽는갈매기〉 독서 모임을 운영했던 추억이, 저를 다시 독서 모임으로 이끌었습니다. 간호사 선배님들과 함께 했기에 공저에 도전할 수 있었습니다. 고착된 관성을 깨고 새로운 생각으로 다듬어 갈 때 행복감을 느낍니다. 스몰 라이팅, 작은 시작으로 '하루하루의 기적'을 담아보려 합니다. 북널스, 북프렌즈, 북패밀리, 함께하는 성장을 즐깁니다. 간호사 태움, 저출산 문제에 관심이 있습니다.

이현정

20년 이상 공무원으로 생활하면서 직장맘·육아 등 힘든 시간도 있었지만, 이제야 나에게로 돌아올 수 있는 휴식을 찾은 느낌이다. '글쓰기'는 뜻밖의 선물 같은 만남이다. 뒤늦게 알았지만, 세상 살아가면서 제일 중요하면서도 반드시 필요한 것은 '책 읽기'와 '글쓰기'인 것을 알게 되었다. 귀한 정보를 독자들에게 알려주고 싶다.

정희정

책이 좋아 독서 모임에 참석했습니다. 하루하루가 모여 1년이 되고 2년이 지나, 지금까지 조금씩 성장한 모습이 신기합니다. '독서의 끝은 글쓰기'라는 누군가의 말처럼 정말 그렇게 되었습니다. 이 세상에서 가장 재미있고 감동적인 글은 '내가 적은 글'이라고 합니다. 내가 주인이 되는 삶을 살아가며, 맑고 향기로운 글들이 일상에 자연스럽게 스며들 수 있도록 하고 싶습니다. 아직은 부족하지만, 애벌레에서 나비가 되는 그날을 위해 차근차근 준비해 나갑니다.

스몰 라이팅으로 시작합니다